KB096102

VERGE

LIDIA YUKNAVITCH

가장자리

리디아 유크나비치 지음 ── 임슬애 옮김

든

가장자리

초판 1쇄 발행일 2022년 4월 18일
지은이 리디아 유크나비치
옮긴이 임슬애
펴낸곳 든
출판등록 406-2019-000010호
주소 (10881) 경기도 파주시 문발로 119, 202호
메일 deunbooks@naver.com
블로그 blog.naver.com/deunbooks
인스타그램 www.instagram.com/deunbooks
ISBN 979-11-974614-4-6 03840
값 15,000원

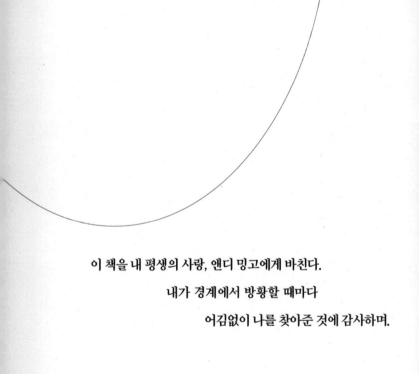

이 책을 내 평생의 사랑, 앤디 밍고에게 바친다.

내가 경계에서 방황할 때마다

어김없이 나를 찾아준 것에 감사하며.

일러두기

* 각주는 모두 옮긴이의 주입니다.

목차

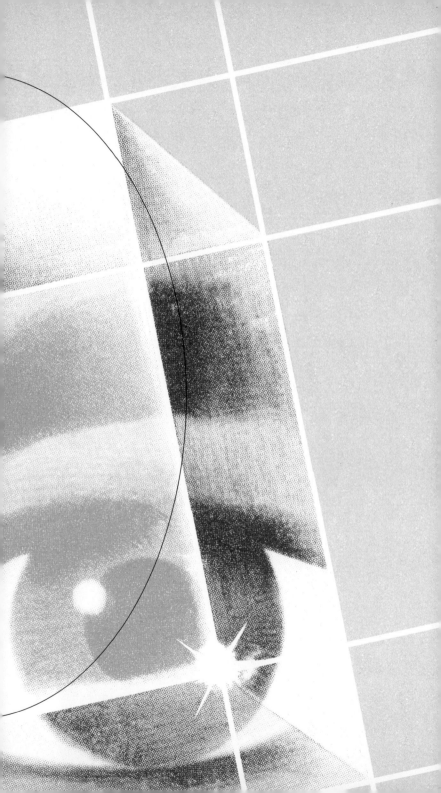

이끌림

The Pull

—

물속에서 헤엄치는 여자아이의 몸은 무게가 없다. 수영장의 푸르름이 그의 귀를 채우고 몸을 잡아주고 세상을 차단한다. 그는 무엇보다 물속에 있는 것을 좋아한다. 육지에서는, 호흡도 버겁다.

그는 채 두 살도 되지 않은 아기였을 때 처음으로 물에 이끌림을 느꼈다. 가족 여행으로 지중해에 머물던 어느 오후, 부두 가장자리를 맴돌다가 누가 알아채기도 전에 돌멩이처럼 퐁당 바다에 입수했다. 다섯 살 많은 언니가 뒤따라 물에 뛰어들어 동생을 끌고 나왔다. 물 밖으로 나왔을 때 아기는 웃고 있었고, 물은 아기의 숨을 막지 못했다. 그에게는 없는 기억이다. 가족들이 전해주는 생생한 추억담일 뿐.

하지만 그 후로 펼쳐진 어린 시절은 듣고 싶지 않은 긴 이야기. 듣고 있으면 가슴이 저리는, 그런 이야기.

여자아이는 헤엄치고자 한다. 어린 시절을 한순간이라도 복기하느니 헤엄치는 것이 낫다. 그는 자기가 사는 동네 건물들이 어떻게 생겼는지도 모른다. 집이란 그의 목구멍에서 산산이 조각난 벽돌.

방문을 열고 나오면 복도에는 하나 남은 가족사진이 있다. 이제는 기억도 나지 않는 가족 모임에서 찍은 사진이다. 웃음기 없는 친척들 사이사이로 있어야 할 사람들이 없다. 삼촌, 사촌, 형제 혹은 이모. 한 명씩 온 가족이 사라지고 있는 것처럼.

그에게 물보다 더 사랑하는 것은 없다. 언니의 얼굴 말고는. 그는 밤이 깊어지면 이따금 악몽을 꾸느라 잔뜩 찌푸려진 언니의 미간을 펴준다. 언니는 탱크가 들이닥친 후로 종종 악몽을 꾼다. 그리고 어디선가 박격포가 날아올까 봐 여자아이가 늦은 시간까지 눈을 감지 못할 때면, 언니는 그의 귓바퀴를 부드럽게 어루만지며 잠들 수 있게 도와준다. 그에게 언니는 생명선과 같다. 쌍둥이처럼 살아가는 두 여자아이.

여자아이는 악몽을 꾸지 않는다. 대신 물의 환영을 본다. 환영 속에서, 물은 그에게 말을 건다.

중력에서 해방된 듯 팔을 움직여봐. 원한다면 입을 벌려. 하지만 육지에서 숨 쉬듯 숨 쉬면 안 돼. 숨 쉬는 대신 눈을 감고, 호흡할 수 있는 푸르름을 기억해. 그리고 눈을 떠. 그러면 물속에서도 숨을 쉴 수 있게 될 거야. 누구든 할 수 있어. 다들 했었지. 시간이 탄생하기 전에는. 이제 몸을 떠우지 말고 가라앉혀. 바다 밑바닥에 도달하면 발로 모래를 디디고 체중을 실어 똑바로 서는 거야. 여기서부터, 이제 너는 어디로든 갈 수 있어. 불가사리와 거북이가 네 옆에 있어. 알파벳 S처럼 구불구불한 전기뱀장어, 노랗고 파란 점이 아롱아롱한 전기뱀장어가 옆에서 헤엄칠 거야. 네 손을 바라봐. 지느러미를 상상할 수 있어? 손가락을 넓게 벌려봐. 인간에게 손가락이, 팔다리가 없었던 때가 있었지. 육지의 삶이 탄생하기 전. 바닷속에는 외로움이 없어. 이곳에는 물의 삶과 죽음뿐이야. 번영하는 삶, 그리고

죽음.

　가족들이 전하는 이야기가 또 하나 있다. 언젠가 여자아이가 혼자 호텔 수영장을 휘젓고 있는데 어느 수영 코치가 그를 포착했다. 그렇게 아이는 수영 팀에 발탁되었다. 그때는 땅이 갈라지기 전, 하늘에서 금속성 비가 퍼붓기 전이었다. 아이는 물이 있는 곳은 어디든 찾아냈다. 슈퍼 옆의 콩팥 모양 호텔 수영장에 갔고, 휴가를 떠나면 바다로 갔다. 폭탄 세례를 맞은 아파트 단지 수영장은 물이 반만 채워져 있었다. 물속에는 나뭇잎과 흙과 먼지가 떠다니고 어쩌면 붉은 피도 섞여 있었겠지만 여자아이는 개의치 않았다. 그는 어디서든 헤엄쳤다. 수영할 때는 세상이 지워졌다.

　여자아이는 수영 연습을 하면 살아있음을 느낀다. 물살을 가르는 근육, 리듬에 맞춰 숨을 내뱉고 숨을 참는 폐, 박동하는 심장. 그는 수영하는 사람들에게만 친밀감을 느낀다. 그들은 서로를 이해하기 위해 언어를 사용할 필요가 없다. 물속에서 모든 몸은 이어지고, 같은 형태로서 같은 리듬을 만들며, 다르고 또 비슷한 물살을 뚫고 움직인다.

　가끔 여자아이는 온종일 늦은 밤까지 헤엄치고 싶다고 생각한다. 집에 가지 않고.

그러던 어느 날, 그날 이후로 수영장의 모든 것이, 수영장에 들어가면 펼쳐지던 마음의 풍경이 완전히 바뀌어 버린다. 휴교령이 잦아지면서 어느 때는 몇 주나 휴교가 계속되었지만, 여자아이와 친구들은 문자를 주고받고 일상적인 이야기를 조잘거린다. 원래 아이들은 변화에 둔감한 법이다. 아이들이 원하는 건 친구와 노닥거리며 평온한 일상을 즐기는 것뿐이니까. 하지만 어떤 이들은 경고한다. 사실 경고하는 사람은 줄곧 있었다. 그날에는 아이의 어머니마저 수영 연습을 위해 학교에 가려는 여자아이를 막았다.

수영을 오래 쉬어 어깨가 욱신거리던 그날 오후, 찢어지는 소음이 하늘을 가르더니 잠시 귀가 먹먹한 적막이 이어진다. 그리고 폭탄이 쾅, 수영장 벽 한쪽과 지붕 대부분을 허문다. 여자아이의 친구 두 명이 죽는다. 그들의 축 늘어진 몸이 수면 위로 떠올랐다가 가라앉는다. 그들은 더 이상 수영장 물을 가로지르며 미래를 꿈꿀 수 없다.

죽음이 여자아이의 삶에 나타나 물을 앗아간 후로, 바다로 가자는 생각이 그의 내면을 점령한다.

물의 환영 속 저 깊은 해저에서는, 뼈와 함선의 잔해와 바다 생물과 남자와 여자와 아이와 동물과 피어나고 죽어가는 산호와 플라스틱과 기름과 용암 덩어리 사이로 윙윙거리는 소리가 통과하지……. 모든 것은 유동적이며, 모든 것은 다른 것과 연결되어 있어. 새로운 물고기 군집, 새로운 생물 종, 깊어지고 깊어지는 의미 옆에 문명 전체가 병치되지. 광합성과 광합성의 부재와 그럼에도 피어나는 생명, 더 많은 생명. 물속에서는 죽음이 양보한 자리에 생이 피어나. 벽도 도로도 울타리도 국가도 폭탄도 없이, 열 염분 순환과 잠수함 증기와 코리올리 힘을 만들어내는 지구의 움직임만 존재하지. 밀고 당기는 태양과 달, 밀물과 썰물. 네게 말을 거는 바다. 바다의 팽창과 수축. 끊임없는 파도 속에서 이뤄지는 바다의 창조와 파괴와 재창조.

모국을 떠나는 여자아이와 언니는 그 여정이 얼마나 위험한지 알고 있다. 자매의 부모도 알고 있다. 세상 사람들 전부 알고 있다. 떠나는 방법에 관한 이야기는 그들이 태어나기 전부터 살아 숨 쉬고 있었다. 가족과 연인과 친구와 이방인이 밤마다 속삭이는 대화 속에서 피난은 생사를 가르는 일이라고 했다. 친구들이 죽고 수영장이 폭파되어 여자아이가 살던 삶의 전경이 무너진 지금, 그 모든 것이 여자아이와 헤엄칠 자유 사이에 벽을 쌓는다. 그의 욕망은 다른 아이들과 다르지 않다. 그는 헤엄치고 싶다. 친구를 사귀고 싶다. 학교에 가고 싶다. 굶기는 싫다. 죽기도 싫다. 그는 바득바득 이를 간다.

그러니 여자아이와 언니가 떠날 때, 그 떠남에는 이미 이야기가 내재한다. 그들은 수많은 떠난 자들의 물결에 합류할 것이다. 터키까지 육로로 간 다음 에게해를 거쳐 그리스로 이동한 후, 그리스에서 출발 22일 만에 독일에 도착할 것이다. 그들이 어디 출신이고 그들의 몸이 어디서 태어났는지는 중요하지 않을 것이다. 그들이 함께 이동하고 있다는 것만 중요할 것이다. 그들은 떠나는 행위에서 형성된 새로운 유기체, 언어와 두려움과 욕망의 덩어리. 물에서 나타나 해안으로 밀려드는 새로운 인류.

에게해 한복판에서 부유하던 어느 해거름, 그들의 뗏목은 세계 곳곳에서 수많은 뗏목이 그랬던 것처럼 흔들리기 시작하고, 갈증이 극심해진 얼굴, 눈가와 입가에는 소금과 각질 조각이 허옇게 마르기 시작한다. 뗏목에는 나이가 자매와 비슷하거나 그보다 훨씬 어린 청소년들이 있고, 아기가 둘, 자매보다 더 나이 많은 사람들도 있다. 그들 사이에는 어떤 강렬한 친밀감이, 난파당하지 않는 이상 그 누구도 죽게 놔두지 않겠다는 무시무시한 연대감이 피어나고 있다. 그러나 뗏목이 요동치기 시작하자 여자아이에게 뗏목은 기울어진 가족사진이 된다. 세상이 기우뚱해지며 그 속에 있던 사람들이 사진틀 밖으로 미끄러지고 바다로 빠질 것만 같다. 그는 낯선 가족들의 얼굴을 살펴보다 물로 시선을 옮긴다.

가장 견디기 힘든 점은 뗏목에 탄 모든 이에게 저 멀리 해안이 보이지만 그들의 얼굴에서는 해안까지 헤엄쳐 갈 자신감을 느낄 수 없다는 것이다.

물의 환영 속에서 여자아이는 이끌림을 느낀다.

어떤 이들은 거대한 물을 마주하면 이끌림을 느끼지. 그것에 대해서는 아무도 이야기하지 않지만. 이끌림은 인생이 너무 무거운 사람들에게 찾아와. 자기만의 삶으로 주어진 이야기를 꺾어 버리고 싶은 사람들, 모두가 두려워하는 영역까지 나아가려는 사람들에게. 이끌림은 차갑고 또 따뜻해. 몸을 근원으로 되돌려주지. 마치 양수처럼. 다만 양수보다 더 강력해. 사람들은 이끌림을 느끼면 대부분 밑으로 내려가고 싶은, 조금

더 가라앉고 싶은 충동에 지고 말아. 팔다리의 힘을 놓아버리고, 초인적인 침착함으로 눈을 감고 숨을 참아. 어렸을 때 물속에서도 숨을 쉴 수 있다고 믿던 사람들에게만 허락되는 침착함이지. 그리고 바로 그때, 이끌림을 느끼는 사람들은 둘 중 한 가지 경험을 하게 돼. 어떤 이들은 끊임없이 발버둥 치다가 지쳐버리고, 그렇게 아무런 저항 없이 기꺼이 몸을 내주면 물이 숨길이었던 곳으로 들어와. 우리가 태어나기 전에 그랬던 것처럼. 이끌림은 모든 사람 안에서 각각 다르게 나타나지.

반면 어떤 사람들은 물속에서 눈을 뜬 채 밀려드는 힘을, 호흡보다 깊은 힘을 받아들여. 그들은 팔뚝과 다리를 휘저어 수면으로 올라가고 다시금 폐로 깊게 숨을 들이마시지. 살기 위해 싸우는 거야.

뗏목에 앉은 여자아이는 신발을 벗는다. 언니도 신발을 벗는다. 그는 바지를 벗는다. 언니 역시 똑같이 한다. 그는 뗏목에서 물속으로 천천히 미끄러진다. 언니도 뒤이어 물속으로 미끄러진다. 걷는 법을 배우기 전에 헤엄치는 법부터 배웠던 두 여자아이.

그는 저 먼 곳을 내다보고, 그의 머리는 수면 위로 동그랗게 떠오른다. 평범한 이에게는 너무 멀다고 느껴질 거리가 —뗏목 위의 사람들은 그가 물에 빠져 죽으려 한다고, 끔찍하다고 생각한다 —그에게는 완벽한 가능성으로 보인다. 그는 고개를 돌려 언니를 바라본다. 언니의 눈빛을 통해 둘 다 성공할 것임을 직감한다. 팔로 숫자 8을 그리고 다리로 가볍게 발차기를 하며 물살을 가로지르는 그는 자신의 몸을 믿어 의심치 않는다. 그들은 헤엄쳐 삶에 도달할 것이다. 여자아이는 손을 뻗어 언니의 미간을 펴준다.

자매는 뗏목의 밧줄을 찾아내 서로의 발목에 묶는다.

그들은 눈부신 자신감을 품은 채 다른 생명들을 짊어지고 삶을 향해 헤엄친다. 헤엄치는 여자아이와 언니의 아름다운 몸, 그 밑의 거대한 물을 향한 이끌림, 뗏목 위에서 가망 없이 희망하는 사람들의 눈동자와 심장을 향한 이끌림, 그들 주변에서 끓어오르는 거대하고 그릇된 세계를 향한 이끌림의 끝은—.

이 이야기는 결말이 없다.

우리가 아이들을 바다로 집어넣는다.

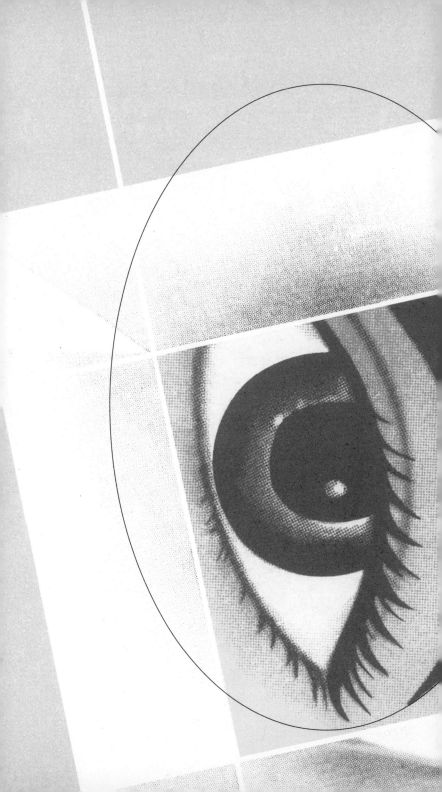

장기 배달부

The Organ Runner

—

아나스타샤 라다비츠가 여덟 살이었을 때, 그는 왼손을 발 바로 위 발목에 붙이고 여섯 달을 살았다.

무슨 일이었냐 하면, 밀밭을 가르는 콤바인이 아나스타샤를 들이받아 그의 손이 팔에서 깔끔하게 썰려 나갔다. 그는 다섯 살 때부터 가족과 밭일을 했기 때문에 숙련 노동자라고 할 수 있었을뿐더러, 어린아이들의 손이 밭고랑에 납작하게 늘어선 위로 콤바인이 지나가는 사이 단 3초 동안 정신을 팔았을 뿐이었지만, 그것도 비극이 발생하기에는 충분한 시간이었다.

손은 상처가 심각해서 즉각 팔에 붙일 수 없는 상태였다. 그리하여 의사들은 손을 발목에 붙여 상처를 치료하기로 했는데, 이런 시술은 세계 최고의 의사들에게도 위험천만한 모험이었다. 아나스타샤가 사는 곳의 의사 중에는 젊은 피가 많았다. 그들은 환자는 많고 규제는 적은 곳에서 최신식 시술을 실험하며 자기 능력을 연마하고자 했다.

여섯 달 후에야 의사들은 아나스타샤의 손을 손목에 봉합했다. 몇 차례 수술을 거치자 감각이 돌아왔고, 점차 혈액이 돌며 발그레한 빛깔을 회복했다. 어느 정도 움직일 수도 있었다. 하지만 발목에서 자라나던 손의 모습은 절대 잊을 수 없었다. 몸의 두 부분이 절대 그래서는 안 될 방식으로 붙어 있었다. 병원 침대에 누워 손발을 바라보며 그것들이 서로에게 비밀을 속삭이고 있을지 궁금해 하던 그 나날들을, 아나스타샤는 줄곧 기억했다.

밤이 되면 국립병원에 있는 아이들은 작은 짐승처럼 흐느껴 울며 잠이 오기를 기다렸다. 그중 몇몇은 사실상 버림받은 상태였다. 그렇게 몇 달이, 또 몇 달이 지나며 아나스타샤는 서서히 회복했다. 발 옆에 놓인 손을 보면 침팬지가 떠올랐다. 손

등을 땅에 질질 끌면서 발바닥으로 사물을 움켜쥐어 지탱하고 뛰어다니는 침팬지. 아나스타샤의 꿈은 영장류로 가득 찼다. 그는 손과 나란히 달음질하는 자신의 다리를 상상했다.

아나스타샤는 학교에서 배워 알았다. 1980년대와 1990년대 소비에트에서는 '비온 인공위성' 프로그램에 붉은털원숭이를 사용했다. 그는 원숭이들의 이름도 외우고 있었다. 아브레크, 비온, 베르니와 고르디, 드리오마와 예로샤, 자코냐와 자비야카, 크로시와 이바샤, 라피크와 물티크. 이중 단 한 마리, 물티크만 죽었다. 마취 상태로 조직 검사를 하던 중 세상을 떠난 것이다.

아나스타샤는 거의 두 해 동안 국립병원에 머물며 건강을 회복했고, 자기 말에 귀 기울여주는 간호사가 있으면 누구든 붙잡고 원숭이란 생물이 얼마나 멋진지 조잘거렸다. 한 간호사는 영장류를 연구하는 서방의 동물학자 제인 구달의 책—《제인 구달—침팬지와 함께한 나의 인생》이라는 책이었다—그리고 작은 원숭이 인형을 선물로 주었다. 아나스타샤는 책을 고이 간직하고 싶었으므로 얇고 꼬질꼬질한 매트리스 밑에 잘 넣어두었다.

손이 나을 수 있을 만큼 나은 후 아나스타샤는 퇴원했다. 떠날 준비를 하는 동안 책은 허릿단 안쪽에, 등허리 옴폭한 곳에 고정해 숨겼다. 원숭이 인형―'구달'이라는 이름을 붙여주었다―은 보란 듯이 들고 다녔다. 아이에게 어울리는 물건이었으므로 아무도 눈여겨보거나 신경 쓰지 않았다. 아나스타샤의 가족이 나타나지 않자, 먼 친척이라는 아주머니가 그를 받아주기로 했다(*멀쩡한 손이 하나뿐인데 농장에서 무슨 쓸모가 있겠어? 여기엔 할 일이 산더미라고.* 그의 아버지는 이렇게 말했다고 전해졌다). 그는 다른 열일곱 명의 아이들과 한집에서 살게 되었다.

먼 친척이라는 아주머니는(*정말 친척이었을까? 아나스타샤는 의아했다*) 공교롭게도 몸뚱이로 벌어먹는 사람이었다. 아이들 대부분은 배 아파 낳은 자식이었다(*정말이었을까? 아나스타샤는 의아했다*). 아주머니는 죽음이든 뭐든 그 어떤 이유로도 아이를 잃은 적 없다는 사실에 큰 자부심이 있었다. 아이들은 아주머니의 가슴을 빨아대는 젖먹이부터 열네 살짜리 소년까지 나이대가 다양했다. 하지만 아주머니는 늙어가고 있었고, 가세는 기울어져 새로운 돈벌이가 필요했다.

아나스타샤는 학교로 돌아가지 못했다. 대신, 재바르게 집안의 규칙을 배우기 시작했다. 집안의 아이들은 빠르면 다섯 살이 되자마자 아주머니에게서 생존에 몹시 중요한, 아니 그가 중요하다고 주장하는 교육을 받게 되었다. 그들이 배운 바에 의하면, 인간의 몸에는 다른 몸에 이식할 수 있는 장기가 여덟 개 있었다. 폐, 간, 심장, 신장, 췌장, 소장, 위, 췌도. 신체 조직도 이식할 수 있었는데, 피부, 뼈, 힘줄, 연골, 각막, 심장 판막, 혈관이 해당했다. 간 같은 장기들은 일부만 이식할 수도 있었다. 그리고 정자, 모유, 난세포, 머리카락까지, 몸의 모든 것에 값이 있었다.

중개인이 자기 몫을 떼어간 후 장기 값의 대략 4퍼센트가 장기 배달부에게 돌아갔다. 4퍼센트는 대단치 않은 금액이었으나 장기 배달부 열일곱 명이 그만큼씩 벌어온다고 계산하면 쏠쏠했다. 냉장고나 가스레인지나 자동차를 새로 사들일 만큼, 영원히 집안 살림을 갈아 치울 만큼 넉넉한 돈이었다.

아나스타샤는 신속하게 자기 자리를 확보했다. 자기 연민 따위는 즉시 폐기했고(자기 연민은 어머니가 아버지의 손등에 맞아 방 끝까지 날아가는 장면을 목격한 날 포기했던 사치스러운 감정이었다), 거실의 벽난로 근처, 돌벽 안으로 쑥 들어간 구석에 잠자리를 마련했다. 다른 시대였다면 요리할 때, 음식이나 아기나 암탉 같은 것을 따뜻하게 해줄 때 사용했을 자리였다. 그는 구석 깊은 곳에 밀짚을 깐 뒤 구달을 놓았고 오래된 담요와 신문으로 자신을 위한 짚자리를 만들었다. 제인 구달 책에서 읽었던 침팬지들의 보금자리와 썩 비슷해 보였다. 어린이와 원숭이 인형에게 걸맞은 좋은 공간이었다. 위험으로부터 안전했고, 따뜻했고, 도망쳐야 할 일이 발생할 경우 문까지 거리도 가까웠다.

다른 아이들은 아나스타샤의 등장에 개의치 않았고, 아나스타샤를 집단의 일원으로 받아들였다. 하지만 가장 나이가 많은 남자아이 키릴은 달랐다. 키릴은 아나스타샤에게 분노를 터뜨릴 만한 가치가 있다고 결론지었는데, 아나스타샤는 늦게 합류한 데다가 한 손을 거의 쓰지 못하는 불구이기 때문이었다. 무리 지어 인생을 헤쳐 나가는 어린것들은 약자를 가려내는 일에 능숙했다.

키릴이 가장 좋아하는 놀이는 아나스타샤의 구달을 빼앗아 숨기는 것이었는데, 시간이 지날수록 아나스타샤는 사라진 구달을 찾아내는 데에 능숙해졌다. 자신에게 이런 질문을 던져 보면 답은 간단했다. '어린 시절을 빼앗긴 남자아이, 한 번도 사랑받지 못한 남자아이라면, 누군가에게 사랑받는 물건을 어디에 숨겨놓을까?' 키릴이 생각해낸 장소들은 뻔했고, 가끔은 너무 뻔해서 측은할 정도였다.

그러던 어느 날, 구달에게 사뭇 다른 일이 발생했다. 구달을 찾던 아나스타샤가 집 밖 장작 창고 밑을 기웃거리고 있는데, 키릴이 모퉁이 뒤쪽에서 나타나 아나스타샤의 머리 위로 구달의 팔을 잡고 대롱대롱 흔들었다. 아나스타샤는 구달을 빼앗으려 달려들었으나 실패했다. 키릴은 남자로 자라나고 있는 어린것답게 웃었다. 그러고는 커다란 쇠가위—대장장이가 쓸 법한 가위였다—를 꺼내더니 구달의 손목을 잘랐다. 구달의 손을 들고 있는 키릴의 미소가 벌레처럼 꿈틀거렸다. 아나스타샤는 숨이 턱 막혔다. 허겁지겁 달려가 진창에 떨어진 손 없는 구달을 집어 들었다.

키릴이 잘린 손을 아나스타샤에게 내밀었다.

"발에 꿰매놓던가, 네 맘대로 해."

아나스타샤는 구달의 손을 빼앗으려 또 한 번 달려들었다.

키릴은 손을 입에 넣고 삼켰다.

아나스타샤는 우주 비행사 원숭이들의 이름을 되뇌었다. 아브레크, 비온, 베르니와 고르디, 드리오마와 예로샤, 자코냐와 자비야카, 크로시와 이바샤, 라피크와 물티크. 그러고는 머릿속으로, 마음속으로 키릴을 죽이겠다고 맹세했다.

그 생각은 자연스럽게 떠올랐다. 해야 할 일, 그 이상도 이하도 아니었다.

시간이 흐른 뒤 아나스타샤는 생각했다. 만약 구달의 손을 되찾아올 수 있었다면, 잠시 구달의 발목에 꿰매어 놓았다가 원래 있던 자리에 붙였을 것이다. 그것은 무엇이든 떨어져도 다시 붙일 수 있다는 증거가 되었을 것이다. 하지만 그럴 수 없으니 구달의 잘린 손목을 그대로 봉합해 버렸다.

키릴의 열다섯 살 생일에는 그를 위해 파티 비슷한 것이 열렸다. 가난과 부는 가정마다 각각 다른 형태를 취한다. 든든한 가족이나 안정감 없이 자란 아이들은 신뢰할 수 없고 불안하고 야생적인 어른이 된다. 그렇지만 학대나 방임에 몰리거나 보육원에 맡겨지는 것에 비하면 그 아이들은 행복하다고 할 수도 있었다.

키릴은 케이크의 촛불을 끄고 일어서서 모두에게 한마디 했다. 자기가 받았던 신장 수술에 대해 이야기하며, 윗옷을 들어 올리고 바지 허릿단을 살짝 내린 뒤 조심스레 실밥을(아나스타샤에게는 붉고 매혹적인 지퍼처럼 보였다) 어루만졌다. 수술 자국은 배꼽 근처에서 시작해 위로, 갈비뼈 옆쪽까지 이어졌다. 그 후에는 자기 신장 값으로 사들인 새 아이스박스를 가리켰다. 아주머니가 미소 지었다. 다른 아이들은 손뼉을 쳤다.

별맛도 없는 케이크가 아주 작게, 아이들 열일곱 명과 아나스타샤와 아주머니와 정체를 모를 어떤 남자까지 모두 맛볼 수 있도록 작은 조각으로 잘렸다. 아이들은 전부 냉동 고기와 빵과 채소와 치즈가 색색의 얼음 조각처럼 쌓여 있는 새 아이스박스 내부를 보려고 기웃거렸다. 아이스박스는 모두의 삶을 바꿔놓을 것이었다. 음식을 저장할 수 있는 삶은 전과는 다른 삶을 의미했다. 아나스타샤는 잠시 키릴의 붉은 지퍼 모양 흉터를 떠올렸고, 그 안으로 손을 넣어 음식을 집어내듯 다른 장기를 집어내는 모습을 상상했다.

다른 아이, 여덟 살 정도인 남자아이가 —이름이 예고르였나 일리야였나, 아나스타샤는 종종 아이들의 이름이 헷갈렸다— 미소를 지으면서 양손을 하늘로 쭉 뻗고 소리쳤다.

"이 손으로 날랐지! 이 손으로!"

그 애가 키릴의 신장을 배달했던 것이다. 아나스타샤는 허공으로 솟은 그 애의 두 손을, 그리고 옆구리 밑으로 축 늘어진 자신의 죽은 손을 응시했다.

장기 배달부의 이야기는 언제나 다른 아이들을 매혹했다. 의

사(*정말 그는 의사였을까?*)가 키릴의 신장, 그 동그란 핏덩이를 고무장갑 낀 장기 배달부의 손에 올려놓았다. 장기 배달부는 귀중한 얼음이 가득한 보냉 가방에 신장을 넣은 뒤 주택 사이로 뒷골목으로 울타리의 개구멍으로 쓰레기를 피해 밤을 가르며 27분 동안 달리고 달려(사람들은 미리 소요 시간을 재고 또 쟀다) 한 아파트 건물의 3층 계단을 오른 끝에, 마취된 상태로 수술대 위에 누워있는 플로리다 출신의 60대 여자와 그 옆을 지키는 다른 의사(*정말 그는 의사였을까?*)가 기다리는 어두컴컴한 방으로 들어갔다. 장기 배달부 역할에 아이가 적격인 이유는 작은 몸피, 뒷골목과 슬럼가와 쓰레기와 폐기물 사이를 누비는 날렵함, 멈춰 세워져 조사받을 일 없는 천진함 때문이었고, 거리의 부랑아는 밤 풍경에 완벽하게 녹아들기 때문이었다. 무엇보다 아이들은 아무것도 묻지 않고 그저 달릴 줄 알았다.

아이들이 추운 밤이면 불가에 모여앉아 주고받는 다른 이야기들도 있었다. 한 아이가 운을 떼면 다른 아이가 헐거운 마룻장을 하나 들어내고 안에서 미국에 관한 옛날 신문 기사를 꺼내―접힌 종이를 귀한 보물 마냥 조심스럽게 펴냈다―큰 소리로 읽었다. 그들은 아주 먼 곳에 살았던 켄드릭이라는 사람에 관한 글을 몇 토막씩 암기했다. "동네 학교에서 비극적인 죽음을 맞이했다.", "바닥 깔개 밑에 깔렸다.", "발견된 시체.", "몸에 장기가 하나도 없었고, 빈자리에는 신문지가 쑤셔 넣어져 있었다."

어떤 어른들은 인간의 가치에 관한 원칙들을 전부 위반하며 살고, 그런 어른들의 이야기는 온 세상 아이들의 삶을 뒤흔든다. 아이들은 납치되거나 붙잡히거나 버려지지 말라고 배운다. 어디서 누가 보고 있을지 모른다고. 아이의 몸은 같은 무게의 금만큼이나 값나간다고.

키릴의 분노, 그리고 아나스타샤의 혐오는 아나스타샤가 첫 번째 배달을 다녀온 밤에 정점에 달했다. 첫 배달에 앞서 아나스타샤는 업자와 함께 배달 경로를 열 번이 넘게 예행했고, 중간에 8분 동안 자동차로 이동하는 것까지 포함해 출발부터 도착까지 어김없이 21분이 걸리도록 맞췄다. 그러나 막상 배달 당일에는 만나기로 한 장소에 운전 담당이 나타나지 않아—그렇게 23분, 25분, 32분이 지났다—아나스타샤는 벽에 박힌 돌처럼 눈에 띄지 않으려 애쓰며, 왼발 오른발로 무게 중심을 옮겨가며 뒷골목에 서 있었다. 그렇게 장장 43분이 흘렀을 때는 주머니에 있던 파란색 수술 장갑을 꺼내 죽은 손에 낀 후 얼음과 신장이 담긴 보냉 가방을 열고 손을 얼음 속에 집어넣어 신장을 마사지하기 시작했다. 왜 그랬는지는 몰랐다. 그저 신장에게 도움이 필요할 것 같다고 생각했을 뿐이었다.

죽은 손에는 감각이 거의 없었기에 아나스타샤는 손을 얼음 속에 넣은 채 목적지까지 갈 수 있었다. 운전사가 뒷좌석을 돌아보며 물었다. *손, 손이 차갑지 않니? 감각은 있어?* 아나스타샤는 그저 가만히 앉아 작은 신장에게 나긋나긋 노래를 해주었고, 아파트에 도착하자 운전사는 의사(*정말 그는 의사였을까?*)와 기증 수혜자—뉴욕에서 온 유대계 여성으로, 나이 때문에 기증자 대기 리스트에서 맨 꼭대기 순위를 차지하고 있었다—의 남편에게 아이가 어떻게 했는지 말해주었다.

뉴욕에서 온 여자의 남편은 의자에 앉아 울었다. 아이의 손이 얼마나 중요한지 알았으므로.

아나스타샤가 배달 중에 신장을 마사지했다는 이야기는 마법처럼 세상을 매혹했다. 사람들은 인간의 장기를 다루는 일에 신성한 행운을 타고난 여자아이를 지목해 일을 맡기기 시작했다. 키릴은 흉터를 내보이며 자기 신장을 내준 이야기를 반복했으나 그것은 전처럼 흥미롭지 않았고, 감사한 마음으로 기다리고 있는 기증 수혜자에게 사랑을 담아 장기를 배달하는 여자아이의 이야기에 빛을 잃었다. 우크라이나와 러시아 전역에서 좋은 기운을 얻고자 행운의 장기 배달부 여자아이를 찾았다. 여자아이는 어둠 속의 작은 희망이었다.

아주머니의 집은 번성했다.

키릴은 돌벽 움푹한 곳에 있는 아나스타샤의 잠자리에 쥐똥과 개똥을 놓기 시작했다.

아나스타샤는 키릴이 죽기를, 그의 몸이 잘려나가기를 꿈꿨다.

제인 구달의 책 내용 중에 아나스타샤의 머릿속에 깊이 새겨진 것이 있었다. 제인 구달이 물리치료원에서 보조로 일하던 시절에 관한 이야기였다. 그곳에 오는 환자들은 저마다 병환이 제각각이었다. 발이 내반족인 아기들도 있었고, 소아마비로 사지에 힘이 없는 아이들, 근육위축증이나 뇌성마비 때문에 시들시들 죽어가는 청소년들도 있었다. 그들 중 상당수는 걷지 못해 평생을 휠체어나 지지대나 다루기도 힘든 목발에 의지해 살아야 할 운명이었다. 아직 명명조차 되지 않은 질병으로 고생하는 아이들, 근육을 전혀 제어하지 못해 팔다리가 제멋대로 움직이는 아이들도 있었다. 그런 아이들은 종종 미쳤다고 오해당해 시설로 보내지기도 했다.

이런 환자들을 돌보던 의사는 제인에게 다음과 같은 놀라운 이야기를 해주었다. 한번은 물리치료원에 온 아이들을 잔뜩 모아놓고 앞에서 다소 수위 높은 농담을 했는데, 그가 농담의 결정적인 부분을 말하자 한 아이의 두 눈이 기쁨으로 밝아졌다고 했다. 소위 '미친 눈깔'이라고 불리는, 눈을 희번덕거리는 증상이 있는 여자아이였다. 그 아이만 농담을 이해했던 것이다. 의사는 여자아이를 집으로 데려가서 일대일 수업을 해주었다. 알고 보니, 아이는 매우 똑똑했다. 말하는 법도 금방 배웠고 학교 시험도 전부 통과했다.

아나스타샤는 여자아이들의 비밀을 믿었다. 모든 여자아이들이 비밀을 지고 산다고 생각했다.

그 후 제인 구달은 아프리카로 가서 침팬지의 행동 양식을 연구했다.

아나스타샤는 가슴이 봉긋하게 자라기 시작했다.

키릴의 열여섯 살 생일이 가까워지고 있었다. 열여섯은 어린 나이가 아니었기에 그때부터는 아주머니의 집에 머물 수 없었다.

떠나기 일주일 전 키릴은 머리카락을 팔고 돌아오는 아나스타샤를 뒷골목에서 급습했다. 아나스타샤의 목을 조른 채 벽으로 밀어붙였다. 다른 손으로 바지 지퍼를 내리더니 목 졸린 여자아이의 힘없는 손을 쥐고 말했다.

"해. 내 것도 마사지하라고."

키릴의 입은 칼로 쭉 쨌 것 같았다.

한동안 아나스타샤는 움직이지 않았다. 맨손으로 자지를 몸에서 찢어내는 것이 가능할지 잠시 고민했다. 어느 아비가 맨손으로 딸의 귀를 찢어냈다는 이야기를 들은 적이 있었다. 그때 키릴이 목을 움켜쥔 손에 힘을 가했고, 이런 것도 할 수 있다는 사실을 증명하기 위해 아나스타샤를 땅에서 조금 들어올렸다. 목구멍이 조여들었다. 그는 생각했다. 이렇게 죽는 건 멍청한 짓이야.

적막한 머릿속에서 원숭이들의 이름을 되뇌었다. 아브레크, 비온, 베르니와 고르디, 드리오마와 예로샤, 자코냐와 자비야카, 크로시와 이바샤, 라피크와 물티크. 키릴은 아나스타샤를 다시 땅에 내려놓고 계속해서 목을 졸랐다. 결국 감각 없는 손이 굴복하고 말았다. 아나스타샤는 눈물이 차올랐으나 키릴에게서 시선을 떼지 않았고, 절대 눈을 피하지 않았다. 결국에는 키릴이 고개를 돌렸다.

그리고 사정했다. 키릴은 달아났다. 아나스타샤는 땅 위의 정액 옆에 침을 뱉었다. 자기 손을 바라본 후 벽에 닦았다. 살인의 욕망이 손으로 침투해 팔을 통과한 후 머리뼈 깊숙한 곳에 자그맣게 자리 잡았다.

아나스타샤가 열여덟 살이 되었을 무렵 그는 여자아이 넷을 데리고 살고 있었다. 친척 아주머니, 진짜 정체가 무엇이든 그 아주머니는 아나스타샤가 분점 비슷한 것을 낼 수 있게 해줬다. 아나스타샤는 돈을 모아 그들이 동거할 수 있는 작은 아파트를 임대했다. 잠은 다 함께 거실에 모여 잤다. 구달의 자리는 벽난로 위 선반이었다.

그들은 밤이면 불 앞에 모였고, 아나스타샤는 아이들에게 제인 구달의 책을 읽어주었다. 고아가 되었지만 그 덕분에 보호지에 살게 된 운 좋은 침팬지들이 있다는 이야기를 읽어주었다. 어떤 새끼 침팬지들은 밀수꾼에게 팔려, 안에 동물이 있다는 것조차 표시하지 않은 작디작은 상자에 갇힌 채 다른 나라로 운반되다가 도중에 죽기도 한다는 것을 읽어주었다. 어떤 침팬지들은 동물원에서 물건처럼 사용되거나 부자들의 애완동물이 되기 위해 팔려나가고, 서커스 훈련을 받다가 쇠몽둥이로 두들겨 맞기도 한다는 것도 읽어주었다. 동물 실험에 관한 내용도 있었다. 침팬지들이 작은 우리에 갇혀서 의료 실험을 견디며 살아가야 한다는 대목에서 아나스타샤는 침팬지도 공포와 고통을 겪고 우울을 비롯한 다른 인간적인 감정을 느낀다는 제인 구달의 서술을 아주 천천히 읽어주었다. 그가 책을 읽는 동안 가끔 한 명이 고개를 들어 벽난로 위의 구달을 바라보았다.

그는 아이들에게 미국에서는 거의 400마리의 실험용 침팬지가 실험실에서 구조되었고, 그중 상당수가 안전한 보호지로 돌아갔다는 사실을 상기하며 이야기를 마치고는 했다. 미국, 언젠가는 그곳에 가보고 싶다고 다들 생각했다.

어느 날 오후, 아나스타샤는 다른 여자아이와 함께 특별한 임무를 수행해 달라는 요청을 받았다. 기증할 장기는 신장이었는데—여기까지는 특별할 것 없었다—기증자는 다른 환자에게 간의 일부도 기증할 예정이라 다른 곳으로 이동할 두 번째 장기 배달부가 필요했다. 게다가 기증자는 24시간 동안 어편 요주의 돌봄 같은 것이 필요해서—그저 지켜봐 주기만 하면 된다고, 의뢰인은 장담했다—누군가가 밤낮으로 옆에 있어 줘야 했다. 수고비가 이상할 정도로 후했다. 플로리다주 마이애미에서 온 기증 수혜자는 콕 집어 아나스타샤를 요청했다고 했다.

도착하자마자 아나스타샤는 무언가 이상하다는 것을 직감했다. 목덜미와 등허리를 타고 짜릿한 불길함이 흘렀다. 건물에는 아무도 없었고, 계단의 조명은 하나도 작동하지 않았으며, 목제 벽에서는 곰팡내와 썩은 내가 났다. 계단 맨 위에서 누군가가 외쳤다.

"이쪽으로 오세요."

아나스타샤는 발걸음을 멈췄으나 이 정도 수고비면 둘이서 냉장고나 가스레인지보다 비싼 것도 살 수 있었다. 이 바닥을 영영 떠날 수도 있었다. 여자아이의 팔을 힘 있는 손으로 꼭 붙잡았다. 힘없는 손으로는 다리 바깥쪽, 원피스 밑에 동여매 놓은 칼을 만지작거렸다.

맨 위층에 있는 문 앞에 도착하자 어떤 여자가 어둡고 썩어가는 아파트 안 침실로 그들을 안내했다. 침실에는 침대와 흐릿한 램프, 수술 장갑을 낀 손으로 수술 도구가 담긴 쟁반을 들고 있는 남자, 마취된 상태로 침대에 누워있는 기증 수혜자가 있었고, 야생 동물을 가둘 수 있을 만큼 커다란 우리도 있었다.

그 안에는 키릴이 있었다.

아나스타샤는 눈 하나 깜짝하지 않았다. 붙들고 있던 여자아이를 놔주고 말했다.

"기증자는 어디 있죠?"

"저기요."

수술을 집도할 남자가 키릴이 있는 우리를 가리켰다. 여자가 우크라이나 말로 경고 같은 것을 내뱉었다.

아나스타샤는 우리 쪽으로 다가갔다. 키릴이 구타당했다는 것을 금방 알아챘다. 상태가 심각했다. 한쪽 눈은 퉁퉁 부어 눈꺼풀을 들어 올릴 수도 없었다. 한쪽 팔을 마치 부러진 날개처럼 꼭 안고 있었다. 입에서는 피가 흘렀다. 키릴이 고개를 들었으나 아나스타샤를 알아보는지는 알 수 없었다. 키릴이 위험에 빠진 동물이나 정신 나간 사람 같은 소리를 냈다. 괴성도, 흐느낌도 아닌 그 중간의 무언가.

아나스타샤는 알고 있었다, 키릴에게 신장이 하나밖에 없다는 것을.

아나스타샤는 알고 있었다, 나머지 하나도 떼어내면 그는 죽게 된다는 것을.

　분명 키릴은 납치당한 것이었다. 이 공간에서 키릴의 가치는 없는 것 이하였다. 돈—신체보다, 인간보다, 국가보다 더 값진 바로 그것—이 얼마나 오갔다 한들, 특별하지 않고 힘도 없으며 존재감조차 희미한 국가 출신의 집 없는 생명보다는 훨씬 비싼 액수였을 터였다.

　아나스타샤는 자신의 손을 바라보았다. 자신의 축 늘어진 손을. 그 힘없는 손이 한 인간의 장기가 다른 세계에서 온 타인의 몸에 이식될 때까지 안전하게 지켜줄 것으로 모두가 기대하고 있었다.

　그는 우리 안의 키릴에게 손을 뻗었다. 키릴이 철창에 얼굴을 가져다 댔다. 힘없는 손등으로 키릴의 피부를 건드렸다. 키릴이 흐느꼈다.

　키릴은 죽을 것이다, 아나스타샤의 손에 죽지는 않겠지만.

　아니, 그는 우리 모두의 손에 죽을 것이다.

　제인 구달은 루이스 리키가 고고학 발굴 작업 중에 처음으로 유인원의 두개골을 발견하는 장면을 보았다. 그때 제인은 피부로 공기와 태양과 기름진 흙을 감각하며 살아온 유인원이 얼마나 옳았는지 생각했다. 유인원은 마치 시간과 진화 따위는 아무것도 아니라는 듯, 인간과 한 세계, 한 장소에서 살았다. 존재했고, 존재하지 않았다.

아나스타샤는 죽음을 떨치고 삶을 얻기 위해 거래를 감행하는 온 세상의 여자아이들을, 시간을 사고 희망을 사고 탈출할 기회를 사는 그들을 생각했다. 돈을 쓰거나 헛소리를 속삭여서, 손으로 목을 졸라서 여자아이들을 주저앉히려 드는 모든 힘센 남자아이를 생각했다. 아나스타샤는 제인 구달을, 아프리카를, 어떤 원숭이들은 구조되어 보호지로 가고 어떤 원숭이들은 맞고 고문당하고 어떤 원숭이들은 우주로 날아가는 세상을 생각했다. 아나스타샤는 미국을 생각했다. 잔혹한 피비린내를 풍기며 찢어지고 꿰매어진 그 기이하고 기형적인 소위 '주(state)'라는 것들을, 발 위에 꿰매놓은 손처럼 여전히 위태로운 주와 주 사이의 경계선을 생각했다. 그 누가 이런 걸 겪고도 진화하려 할까? 아나스타샤는 자문했다. 그리고 말했다.

"준비됐어요."

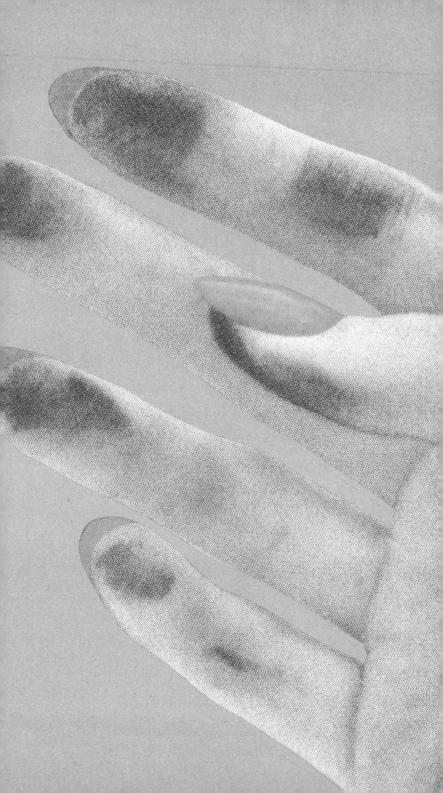

거리 위의 사람들

Street Walker

—

아침에 일어나자마자 쓰레기를 버리러 나왔다가 그것을 발견한다. 잔디 위의 주사기. 아직 피가 묻어 있다. 그 뾰족하고 서늘한 것이 과거를 소환한다. 기다리는 푸르름 속으로, 서늘하게 번득이는 은빛을 찔러 넣던 내 유년의 4년.

이 동네가 바뀌고 있다. 급격한 변화는 아니라서 TV에서 떠드는 것만큼 피부로 느껴지지는 않는다. 내가 그동안 거쳐 왔던 동네들도 엇비슷한 상황이었다. 하나같이 도로에 흰색 선을 죽죽 그어놓은 동네들. 전 국민이 똘똘 뭉쳐 이런 변화가 놀라운 척하고 싶다면 할 수는 있겠지. 하지만 이미 익숙한 이야기다. 누군가가 자신에게 주어진 삶 이상을 원하고 있다. 그리고 또 다른 누군가는 그 거대한 욕망이 두려운 것이고.

이 동네에서 그럭저럭 먹고사는 사람과 그렇지 않은 사람을 구분하기는 불가능하지만, 분명 부자는 한 명도 없다. 오래된 이층집, 삼층집 주택들은 1900년대 초반에 지은 것으로 지붕은 무너질 것 같고 홈통은 찌꺼기가 넘쳐흐른다. 우리 집은 안이나 밖이나 보헤미안 분위기를 풍기는 것이, 히피의 안식처 콘셉트라고나 할까. 정원은 식물이 무성하고, 차양에는 금이 갔고, 현관 포치는 썩고 있다. 집 앞 거리를 걷다 보면 키 작은 덩굴장미와 인조석 외벽, 별채를 짓고 또 지어 장기에 종양이 덕지덕지 달린 것 같은 집도 보인다. 어느 집은 콘크리트로 만든 사자상이 위엄을 뽐내고 있다. 장엄하도다! 이끼와 새똥에 뒤덮인 꼴이.

누가 진보고 누가 보수고 누가 미친놈이고 누가 똑똑하고 누가 범죄자고 누가 훌륭한 시민인지 구분하는 것 또한 쉽지 않다. 어느 집이든 하나같이 외벽 페인트를 새로 칠해야 할 것 같고, 마당 역시 관리가 필요한 모양새다. 우리 집은 울타리마저 무너지기 일보 직전이다. 집과 집 사이의 공간에는 가정의 비밀이 도사리고 있다. 우리 집과 옆집 사이에 널린 넘치는 쓰레기통, 깨진 화분 조각 더미, 돌돌 말려 곰팡이 서식지가 된 정원용 호스는 아마도 주변 환경을 예쁘게 꾸며보고 싶었던 마음이 세워 올린 우스운 미로 같은 것이겠지.

이웃인 클라크와 나는 평일 5시 이후, 그리고 주말 동안에는 항상 운동복에 운동화 차림이다. 클라크는 대안 우파일지도 모른다. 독립하지 않고 어머니 지하실에 산다는 것이 이상할 뿐 대체로 평범한 남자일지도 모르고. 우리 둘 다 나이키를 유니폼처럼 입는다. 남들이 보면 구분도 못 할걸?

다들 마음속으로는 해야 할 일을 해치우고 싶어 한다. 동네를 가꾸고 자기 집과 자기 자신을 개선하고자 한다. 그러나 일이 너무 많은 데다가 아이까지 키우느라 좆같이 피곤하다. 어린 시절의 꿈이 아무것도 이뤄지지 않았다는 생각에 지쳐버렸다. 우리의 작고 처량한 꿈 풍선, 한때는 뜨거운 숨결로 부풀었으나 이제는 늙어 축 처진 살덩이처럼 천천히 쪼그라드네.

하지만 이렇게 생각해볼 수도 있다. 집을 집답게 만들어주는 건 돈이 아니다.

나는 돈 드는 것 대신 내게 위안을 주는 물건들로 집을 채웠다. 돌과 깃털과 동물의 작은 뼛조각이 담긴 접시와 그릇. 푸른 구슬을 채운 컵. 조개껍데기와 부적과 자질구레한 장식품. 그리고 책. 당신이 상상할 수 있는 것보다 훨씬 많은 책. 방마다, 선반과 테이블과 바닥에 높게 쌓아놓은 책.

책은 과거의 나로부터 나를 구해주었다.

우리 집에 있는 물건 중 소중한 거라면, 무려 프랑스에서 짊어지고 온 빈티지 로열 타자기뿐이다. 어떤 유명한 작가가 고국을 떠나 프랑스에 머물며 그걸로 훌륭한 작품을 뽑아냈을 거라고 상상하곤 했다. 종신 교수직을 따냈을 때 샀던 커피 테이블과 러그도 소중하다. 처음으로 중고가 아닌 새 제품으로 산 '가구'다운 가구였다.

이제 나는 대학에서 문학을 가르친다. 글을 쓴다. 그래서 내가 무엇이 되었냐 하면…… 글쎄, 이제 미국에서는 '부르주아'라는 말은 자주 쓰지 않는다. 학생들은 그것 대신 '부지(bougie)'라는 말을 쓰는 것 같기도 하지만. 나는 중산층이라고 하고 싶다.

그러나 다들 안다. 중산층 같은 건 오래전에 사라졌다는 것을.

끔찍하게도 이 주변 사람들이 동네 순찰대를 조직하려 한다. 어느 밤의 귀갓길, 같은 거리에 사는 남자가 양손 무겁게 장바구니를 들고 있는 나를 불러 세운다. 평생 나한테 말 한번 걸어본 적 없는 남자고, 그가 흰색 집 밖으로 두더지 같은 머리통을 내민 것조차 나로서는 처음 보는 광경이다. 그는 겁먹은 설치류처럼 고개를 두리번거리며 눈이 튀어나올 듯 이리저리 굴리는 중이고 너무 흥분해서 땀까지 흘리고 있다. 그 문제, 눈치채셨지요? 그가 묻는다. 무슨 문제요? 아시잖아요. 그는 길 한쪽을, 그러고는 반대쪽을 살핀다.

나는 생각한다. 빨리 말해. 지나가는 차도 없고, 여긴 우리 집 앞인데 뭘 꾸물대는 거야. 그가 말한다. 약을 팔잖아요. 마약을 거래한다고요. 그 여자는 무슨 전시품마냥 길거리를 돌아다니고 말이에요, 밤이나 낮이나 해가 뜨든 달이 뜨든 돌아다니잖아요. 아이고 하느님, 너무 늦기 전에 무슨 조치든 취해야지요. 우리는 오랫동안 이 이야기를 곱씹는다. 하느님? 나는 하느님 안 믿는데? 나는 궁금해진다. 내 마음이 그에게서 돌아

선다. 이웃 중에 백인우월주의자가 있었다니? 파시스트가? 꼰대가? 미국을 다시 위대하게 만들려는* 유권자가? 그러다가 다시 현실로 돌아온다.

눈치 못 챈 사람이 누가 있을까? 어떤 멍청이가 그걸 모를까? 그들이 우리에게 직접 무슨 짓을 해서가 아니라 우리와 너무 가까운 곳에서 활동하기 때문이다.

살과 맞닿은 바늘은 그 외설성 때문에, 살아있는 살갗을 침투한다는 그 메커니즘 때문에 우리에게 위협이 된다.

나는 다시 장바구니를 들고 집으로 간다. 앞집 이웃이자 내 운동복 쌍둥이, 어머니에게 얹혀사는 클라크가 길 건너편에서 손을 흔든다. 꽉 끼는 록 콘서트 티셔츠와 항상 똑같은 야구 모자 차림인 클라크, 일하다가 사고를 당해 받은 보상금으로 살아가며 그런 삶 때문에 맥주 뱃살과 대마초 눈동자와 비통하고 창백한 얼굴을 갖게 된 클라크. 그가 길을 건너와 우리 집 잔디밭에 서서 말한다. 그 사람들은 절대 안 바뀌어요. 내가 항상 하는 말이 있거든요. 바로, 한번 약쟁이는 영원한 약쟁이다.

나는 뱃속에 차오르는 분노를 느낀다. 잠시 욕설을 뱉어내듯

---

*도널드 트럼프의 선거 슬로건인 '미국을 다시 위대하게(Make America Great Again)'를 가리킨다. 트럼프가 이야기하는 '과거의 위대한 미국'은 백인 남성이 주류였던 폐쇄적인 시절을 뜻한다는 비판적인 뉘앙스가 담겨 있다.

내가 아는 것을 토해내고 싶어진다. *그 입 다물어, 아무것도 모르는 개새끼야* 같은 대사보다는 이렇게 소리치고 싶다. *키츠! 바이런! 셸리! 반 고흐! 베이컨! 엘리엇! 포크너!* 웬일인지 M으로 시작하는 이름들의 리스트가 목구멍에 차오른다. *모차르트, 밍거스, 몽크, 뭉크, 밀러, 말콤!*

독일, 아프리카, 남미, 러시아, 프랑스, 스위스의 위인들을 시기와 장르별로 훑고 싶다. *약쟁이가 없으면 예술도 없었어라*고 말하고 싶지만 그러지 않는다. 그저 그의 얼굴을 응시하고, 결국 그는 조용히 몸을 돌려 자기 집 마당으로, 현관 너머로 사라진다. 사실은 아니다. 마약을 한다고 예술가가 될 수 있는 건 아니라는 말이다. 그런가? 그런데 난 왜 이렇게 흥분한 거지? 클라크가, 겨우 이웃이 한마디 한 걸 가지고.

나는 우리 집 쪽으로 몸을 돌린다. 그때 떠오른 생각. 우리는 각자의 침묵 속에서 닮았다.

남편은 이미 귀가해 임시 작업실에서 그림을 그리고 있다. 오래되고 쓰러져가는 집 한쪽에 방 반 칸 크기의 공간을 내서 만든 작업실이다. 아이들 방이라고 만들어놓은 작은 공간 한쪽에 마련한 내 서재와 비슷하다. 우리 벌이로 작업실을 구하는 건 무리라서 우리는 다들 사는 것처럼 산다. 머리를 짜내서 할 수 있는 최선의 방법을 찾아내는 것이다. 장바구니를 내려놓는 내 마음이 안도한다. 몸이 피곤해서 그렇다기보다는 남편이 저녁 식사를 만들고 있어서, 나는 평생 저녁을 준비할 일이 없어서 그렇다. 이것은 내가 남편을 사랑하는 이유 중 하나다. 여자나 약쟁이는 '여자' 혹은 '아내'라는 역할에 주어지는 거대한 대본이 사라질 때 안도감을 느낀다. 그 안도감이 얼마나 큰지, 당신은 모를 것이다.

그리고 그도 나를 사랑한다. 나는 피 대신 달콤한 백설탕이 쏟아지는 것처럼 그의 손목에 남은 울퉁불퉁한 상처에 입 맞출 수 있으니까. 그는 내 왼쪽 팔에, 학교 갈 때 입는 긴팔 셔츠 밑에 가려진 허탈 혈관*에 속눈썹 키스를 해줄 수 있다. 우리는 아직도 이런 집에서 이런 삶을 사는 법을 배우는 중이다. 우리는 버려지고 폐허가 된 마음에도 불구하고 사랑하는 중이다.

한동안 우리 둘 다 심리 치료나 보험같이 안녕한 삶을 위한 서비스에 돈을 쓸 수 없었다. 이렇게 오랫동안 여윳돈이 없었

*혈관이 손상되어 붓고 색이 변하는 현상. 주사기를 잘못 사용하여 발생되는 경우가 많다

가
장
자
리

던 건 처음이다. 요즘 잔고 상황을 보면 둘 중 한 명 정도는 일종의 의학적 처치를 받을 수도 있겠지만, 어차피 우리는 이제 강렬한 중독에 쏟을 만한 에너지가 없다. 어쨌든 잘된 셈이다. 그냥 포도주나 마시고 정신과 약이나 먹고 대마초나 피우며 우리가 가던 길로 쭉 가는 쪽이 더 편할 것이다. 주택 보유자의 자제력이 발휘된, 편안한 중독의 풍경으로.

길 건너편에 사는 셔리즈가 고양이들에게 밥을 주려고 뒤뚱뒤뚱 걸어 나온다. 덩치가 크고 행동이 느릿느릿한 여자, 저 몸도 마음에서 나온 것이라고 믿게 될 정도로 속이 넉넉한 여자. 언젠가 우리 집 개가 셔리즈네 고양이 한 마리를 잡아먹었다. 글쎄, 먹은 건 확실하지 않지만 죽인 건 확실하다. 저 집에 고양이가 몇 마리나 있는 걸까, 잘 모르겠다. 우리 개가 알아내서 알려주겠지. 셔리즈는 이해심이 많다. 이제 그가 안으로 들어가는 모습이 보인다. 정확히 오전 6시 반이 되면 그는 집에서 나와 스바루에 시동을 걸고 출근할 것이다. 그리고 정확히 오후 5시 20분이 되면 퇴근해서 주차하고 집 안으로 들어갈 것이다. 금요일 아침에는 쓰레기차가 오기 30분 전에 나와 쓰레기를 버릴 것이다. 한번은 난데없이 우리에게 양귀비를 갖고 싶냐고 물었다. 아시아에서 가져온 알뿌리가 있다며 목소리를 낮춰 덧붙였다. 알지요, 기분 좋아지는 거. 나는 그 즉시 앞마당 화단을 채우고 싶어졌다.

소파에 앉아서 창밖을 내다보고 있는데, 길 건너편 폐가가 되어가는 집과 개조 중인 집 샛길로 여자 하나가 스쳐 지나간다. 한 남자가 여자를 뒤따른다. 남자는 절박함에 깡말랐고, 여자는 피로에 깡말랐다. 둘 다 피부가 헤로인에 물든 잿빛이다. 두 사람은 전에도 본 적 있다. 정말 멍청하게도 그들과 아는 사이라는 느낌이 자꾸만 든다. 두 사람은 항상 동네방네 다 들릴 정도로 욕지거리를 내뱉고, 여자는 어김없이 남자의 뒤쪽에 있다. 길 위로, 아래로, 다시 위로. 나는 '시체'라는 낱말을 떠올린다. 한때는 죽음과 가장 가까운 곳에 삶이 있다고 믿었다. 이제는 집 안에 앉아 유리창 너머를 구경한다. 남편이 오줌 싸는 소리가 들리고, 그것은 일상의 소리다. 내 머릿속에 떠오르는 한 단어. 고마워, 고마워, 고마워.

1분 뒤 어떤 남자가 두 사람 뒤를 따라가며 바지 단추를 잠근다. 조심하는 기색도 없고 숨기려고 애쓰지도 않는다. 대놓고 좆같은 바지 단추를 잠그며 길을 걷고 있다. 어떻게 이 나라 사람들은 저렇게 뻔뻔한 얼굴로 닥치지도 않고 살까? 나는 막대기 같은 남자와 여자가 한 방향으로 걸어가는 것을 본다. 다른 남자는 반대 방향으로 향한다.

주삿바늘을 빼면 피부가 밀려 닫히고, 작고 빨간 구멍만 남는다.

잠시 후 다시 거실 창문 안쪽에 서자, 투명한 유리창 너머로 일상적인 밤 풍경이 보인다. 길 건너편에서 필리스가 또 야단이다. 그는 매일 밤 11시 반쯤이면 밖으로 나와 꽃과 마당에 물을 뿌린다. 나이가 들어 등이 둥글게 굽었지만 여전히 정정하다. 머리 꼭대기에 백발을 작고 야무지게 틀어 올렸다. 한번은 웬 커플이 길모퉁이에 서서 싸우고 있었는데, 필리스가 그쪽으로 가서 남자에게 주둥이만 산 오만한 놈이라고 했다. 남자가 필리스 쪽으로 다가섰으나 그는 꿈쩍도 하지 않았다. 150센티미터쯤 되는 콩알만 한 몸으로 꼿꼿이 서서 물고기처럼 눈을 번뜩이며 말했다. 네까짓 게 날 없앨 수 있을 것 같냐, 이놈아. 난 백아흔 살까지 살 거야.

그들을 또 목격했을 때 나는 혼자 거실 소파에 앉아 학생들의 글을 읽고 있었다. 전문대 학생들에게 무엇이 두려운지 써오라는 과제를 냈는데, 그들의 글에는 국외 추방, 메스암페타민에 중독된 친척, 감옥, 재활원, 어린 나이의 출산 등이 등장해

내 가슴은 종잇장처럼 구겨진다. 그때 고성이 들린다. 나는 고개를 든다. 그들이 있다. 구두점처럼. 여자의 얼굴은 시체 같다. 그 순간 내 가슴 속에서 무언가가 휘청거린다.

나는 문간으로 날아가 그들을 향해 손을 흔든다.

그들이 발걸음을 멈춘다. 저 여자는 대체 뭘 원하는 거지? 그들은 생각한다. 남자도 아닌데.

얼마예요? 내가 말한다.

뭐라고요?

얼마냐고요. 한 시간에 얼마예요?

썅, 그냥 가자. 여자가 말한다.

이봐요, 나 백 달러 있어요. 한 시간이면 돼요. 똑같이 돈 내는데 누군 고객이고 누군 아니에요?

남자는 길바닥을 내려다본다. 그러고는 여자를 본다. 여자의 얼굴에는 '씨발 장난하냐'라고 쓰여 있다. 나와는 단 한 번도 눈을 마주치지 않는다. 남자는 다시 거리로 눈을 돌린다. 환영이라도 본 걸까, 그의 시선 끝에는 아무도 없다. 마침내 내 쪽을 보면서 여자에게 손을 흔든다. 여자는 움직이지 않는다.

남자가 여자에게 뭐라고 외친다. 여자의 얼굴에는 '좆 까'라고 쓰여 있다. 나는 다시 내 과거로, 과거의 습관과 실수로,

나를 불 속에 뛰어들게 했던 것들로 돌아왔지만 여자는 아무것도 모른다. 나는 이식된 심장처럼 이런 거리에서 이런 삶을 살고 있다, 새로운 몸이 나를 거부할까 봐 항상 두려움에 질린 채.

안으로 들어와요. 내 목소리가 우리 사이의 허공을 건넌다.

여자는 우리 집 나무 계단으로 올라와 문간에 선다. 가슴 앞에 꼬챙이 같은 팔로 팔짱을 끼고 있다. 가닥가닥 떡이 된 기다란 머리카락은 1년 전쯤 파마하고 방치된 듯한 모습이다. 지쳐버린 잿빛 눈을 다크서클이 감싸고 있다. 1992년에 샀을 법한 스웨터, 벨보텀 진, 허리에 묶은 데님 재킷. 눈을 마주치고 싶지 않은데 눈을 똑바로 바라보게 된다. 여자는 어깨너머로 집 바깥쪽을 바라본다. 나는 잠시 궁금해진다. 그는 두 삶을, 두 몸을 보고 있을까. 내가 그랬던 것처럼, 어쩌면 지금도 그러는 것처럼. 여자가 안으로 들어오고 나는 문을 닫는다. 남자 쪽을 흘긋 바라봤더니 그는 평범한 행인처럼 저 멀리 걸어가고 있다.

자기소개는 지양하기, 우리 둘 다 이 규칙을 이해한다.

앉아요.

앉기 싫은데. 여자가 말한다. 쌍, 나 왜 불렀어?

앉아요.

여자가 앉는다.

이것은 내가, 온종일 영문학을 가르치는 여자가, 밤마다 자지를 빨지만 지금은 내 소파에 앉아있는 여자를 바라보며 하는 생각이다. 이것은 나, 사랑 비스름한 무언가에 개조된 여자, 책 덕분에 믿을 것이 생긴 여자, 한때는 중독자였던 여자가 그를 바라보며 하는 생각이다. 이것은 혼자 있는 것을 견디지 못하는 내가 하는 생각이다. 이 여자는 마리아를 닮았구나. 예수를 낳고 난 뒤 마리아는 이런 모습이었을 거야. 그런 기적을, 그런 부담을 감당하기 힘겨웠겠지. 믿기지 않고 공허하고 거짓에 지나지 않는 역사를 견딜 수 없었을 테지. 나는 예수의 이미지를 마주칠 때마다, 핼쑥하고 여위었으며 피곤하고 화나 온몸이 바싹 마른, 어떤 표정도 지을 수 없는 마리아를 떠올린다.

내 소파에 앉은 마리아는 덜덜 떨리는 손으로 담배에 불을 붙인다. 난 무슨 생각이었을까. 앉혀놓고 강의라도 하려고?

그때 여자가 내 멍청한 상상을 전부 깨부순다. 커피 테이블에 꽁초를 비벼 끄고 작은 러그에 침을 뱉는다. 종신직을 따냈을 때 '레스토레이션 하드웨어'에서 샀던 커피 테이블이다. 러그는 티베트에서 수입해 왔다고 했다. 물론 의심스럽기는 하지만.

내가 이런 집에 이런 여자를 데려왔다. 한 시간이 주어졌다. 가끔 우리 인생을 구성하는 시간들은 순식간에 쪼개져 열렸다가 다시 봉합되고 만다. 마치 그 안으로 아무것도 빨려들지 않은 듯.

성 판매자나 약쟁이와의 눈싸움에선 아무도 못 이긴다. 누가 도전해도 마찬가지다. 그들은 당신이 투명 인간이라도 되는 듯 눈길을 휙 돌려버리거나, 날카로운 시선으로 두개골 속까지 꿰뚫고 생각이 있던 곳에 텅 빈 구멍 하나만 남겨놓을 것이다. 그러면 당신은 광인을 두려워하는, 귀신을 두려워하는, 그림자가 계속 자신을 쫓아온다며 무서워하는 속없는 바보가 되는 것이다.

결국에는 여자가 입을 연다. 이봐, 당신, 뭘 하려고 그래? 원하는 거라도 있어? 코카인? 헤로인? 대마초? 나한테서 뭘 원해? 담배를 한 모금 더 빨아들인 여자는 천사처럼 몸을 떤다. 아니, 천사 같지는 않다. 그저 평범한 여자다. 자기 심장과 혈관과 성기에 산 채로 잡아먹힌 평범한 여자.

'있잖아요'라고 말하며 여자 쪽으로 다가가 그의 목 언저리에 온 마음을 다해 부드럽게 손을 올린다. 그러자 여자가 말한다. 난 여자 것은 안 빨아, 씨발. 그런 건 내 취향 아냐. 그래도 원한다면 가슴은 만져줄게. 손으로 해줄게.

오랫동안 그를 바라본다. 나 자신이 그 어느 때보다 멍청하게 느껴진다. 아무것도 모르는 손을 툭 떨어뜨린다. 대체 저런 말에는 뭐라고 대답해야 하지? 결국 이렇게 말한다. 그냥 한 시간 동안 쉬라고 부른 거예요. 쉬세요. 뭘 좀 먹든지. 자든지. 마시든지. 담배나 피우든지. 하고 싶은 대로 해요.

여자는 미친 사람 보듯 나를 바라본다. 시선이 흘긋 문간으로 향한다. 내가 말한다. 가는 것도 자유겠지요, 그게 당신이 원하는 거라면. 그게 정말 여자가 원하는 것일 수도 있다. 여자는 현관문이 출구이기를, 천국으로 향하는 길이기를 바랄지도 모른다. 여자는 그 자리에 남는다.

나는 자리에서 일어선다.

정확히 한 시간이 흐르고, 아무 일도 일어나지 않는다. 정말 아무 일도. 실망스럽지 않은가? 무슨 사건이든 일어나긴 일어나겠다고 생각했을 텐데?

나는 다음과 같은 일들을 한다. 일단 컴퓨터 앞으로 가서 글을 쓰기 시작한다. 내가 은혜를 베풀었다고 생각하고 싶지는 않지만, 사실은 그렇게 생각하는 것 같다. 그 여자를 위해 해주고 싶은 것들을 생각해 종이 위에 적어본다. 하나같이 내 대학원 졸업생다운 사고방식에 어울리는 것들이다. 슈베르트 틀어주기, 머리 감겨주기, 발 마사지해주기, 코스 여섯 개짜리 제대로 된 프랑스식 저녁 식사 차려주기, 내 빈티지 실크 드레스를 선물로 주기, 레즈비언이 나오는 유럽 영화 보기, 콜레트 소설 읽어주기, 손톱에 매니큐어 칠해주기, 거품 목욕 준비해주기, 내 계좌에 있는 돈 전부 뽑아주기, 비행기 표 사주기, 사진 찍어주기, 안아주기.

그러고는 이 목록의 모든 항목 위에 쭉쭉 줄을 긋고—*바보 같아 바보 같아 바보 같아*—작가라면 응당 그래야 하듯 시점을 바꾸어 다시 목록을 작성한다. 클래식 록 틀어주기, 머리카락 반은 깎아버리고 반은 파란색으로 염색하기, 이웃집에 무단 침입해 그 집 위스키를 전부 마셔버리고 처방약을 모조리 훔쳐 오기, 약에 취한 채 평면 TV로 〈레모네이드〉를 무한 반복해 보기, 야구방망이를 들고 나가 집 앞 길거리에 늘어선 자동차 유리창들을 전부 박살 내기. 가슴을 내밀고 바람을 가르며 뛰고 또 뛰기.

우리는 전부 균열을 품고 살아간다. 균열의 모양은 사람마다 다르게 나타난다. 아니면 균열이 모든 것을 허물어트리면 켜 켜이 쌓인 살갗과 지방과 주택 보유자의 삶이, 깔끔한 머리 모 양과 잘 먹은 화장이 남는다.

나는 미친 듯이 글을 쓴다. 화면 앞에는 나 하나뿐.

한 시간이 지나고, 동정심에 달아오른 나, 글쓰기에 도취한 나는 다시 거실로 돌아간다. 내 안에선 등장인물이 샘솟고 찬 란한 이야기가 폭발한다. 내 윗입술을 따라서 송골송골 땀이 맺힌다. 그러나 여자는 멀거니 무덤덤하게 서 있다.

이제 됐지? 그가 질문한다.

네, 됐어요. 나는 정상적으로 호흡하려 애쓰며 말한다. 여자 는 현관문을 활짝 열고 밖으로 사라진다. 남자는 길 아래서 다 른 남자와 함께 기다리는 중이다. 창밖 너머 그들은 걷기 시작 하고, 점점 멀어지고 멀어진다. 그들의 목적지는 어쩌면 유년 시절.

내 심장은 가슴 속에서 주먹처럼 불거진다. 내가 지금 무엇 에 돈을 쓴 거지? 정말 나는 그 여자에게 무언가를 베풀고자 한 걸까, 아니면 쓰레기 같은 성 구매자 새끼들처럼 그를 착취하 려 한 걸까? 진통제를 네 알 삼킨 다음 달리기용 운동복을 입고 소파에 앉는다.

두 시간 후 남편이 귀가한다. 그때쯤 내 땀은 이미 끈적끈적하고 쿰쿰한 냄새로만 남아 있다. 남편에게 말해줄까? 어쨌든, 한번 약쟁이는 영원한 약쟁이니까. 알고 보니 성 판매자와 회복 중인 중독자와 문학 교사는 몸에 같은 질문을 짊어진 채 살고 있다. 비밀을 비밀로 간직하는 것과 털어놓는 것, 둘 중 어느 쪽이 더 고통스러울까?

나는 피노 포도주를 한 잔씩 따르고, 남편은 저녁 준비를 시작한다. 채소를 썰고 고기 겉면을 굽는 그의 어깨를 바라보는 것이 좋다. 여자처럼 길고 까만 머리칼을 땋거나 포니테일로 묶은 그의 뒤통수 모양이 좋다. 딱 벌어진 그의 어깨가, 집 안 전체에 풍기는 감미로운 양파와 마늘 향이, 뜨거운 기름에 재료를 넣었을 때 나는 지글지글 볶는 소리가 좋다. 무엇보다도 내가 아니라 그가 부엌에서 요리 중이라는 사실이 좋다.

승낙, 흥분, 몸을 지배하는 감각의 밀물, 터지는 감탄사, 영원히 욕망하고픈 욕망.

나는 포도주를 들이켤 때마다 잠시 입안에 머금은 뒤 삼킨다.

삼킬 때는 눈을 감는다.

그 순간을 붙잡는다. 이런 감정은 오랫동안, 정말 오랫동안 느끼지 못했다.

어떤 말을 어떻게 할지는 여전히 모르겠다.

한창 식사를 하고 있을 무렵 비로소 이야기를 꺼낸다.

오늘 길거리에 있던 여자에게 돈을 줬어. 나는 말하고 그가 천천히 음식을 씹는 모습, 그의 눈동자가 문장을 인식하는 모습을 바라본다. 그가 내 말을 이해하기까지는 1초도 걸리지 않는다. 현관 쪽 창문 너머로 몇 번이나 그들을 보았으니까. HBO 채널을 보듯 보았으니까.

돈을 줬다고?

응. 한 시간 요금.

그러니까, 현금을?

응.

그는 이 정보를 곱씹는다. 음식을 삼킨다. 포크와 나이프를 내려놓는다. 마치 둘 중 한 명이 바람피웠다고 고백 중인 것 같다. 사실은 그렇지 않지만 그런 분위기가 약간 느껴진다는 거다. 어둡고 재빠르고 팽팽한 것이 우리 사이로 날아간다.

나는 포도주 잔을 들고 한 모금 마신다. 내 뺨이 빨개졌나, 확실히는 모르겠지만 열감이 느껴진다. 두 눈동자가 살아있는 기분이다.

집에 들였어. 내가 말한다.

가장자리

잠깐, 뭐라고? 그 사람들을 *집에* 들였다고?

그의 분노가 수은처럼 요동치며 차오른다.

여자만.

씨발, 뭐야? 씨발 대체 뭐냐고? 너 대체 무슨 생각으로 그런 짓을 했어? 그의 질문이 허공으로 떠오른다.

나는 무슨 생각으로 그런 짓을 했을까? 기억나는 거라곤 그런 짓을 했다는 사실뿐이다. 하지만 생각을 하긴 했을 것이다. 일단 돈을 준비해둔 것만 봐도 그렇다. 어쩌면 마트에 갔다가 ATM에 들러 현금을 뽑을 때부터 이미 생각 중이었던 걸까? 평범한 부부 싸움의 서막이 오르며 그가 난리를 친다. 씨발 이게 대체 무슨 헛짓거리야, 그 사람들이 널 죽이거나 때리거나 강도 짓을 할 수도 있었다고—.

하지만 그런 일은 없었잖아. 나는 대꾸한다. 내 팔과 손이 내 술잔을, 그의 술잔을 채우는 광경을 바라본다. 극도로 침착하다. 마치 어떤 위험한 도전을 앞둔 듯이.

그래서 무슨 일이 있었는데? 이제 그는 일어서 있다.

아무 일 없었어. 2층에 올라가서 글을 쓰다가 한 시간 후에 다시 내려왔고 그 여자는 갔지.

그는 다시 자리에 앉는다. 털썩, 꼭 바람 빠진 풍선처럼. 지금

네 말은, 오늘 우리 집에 이 창녀를 혼자 두었다는 거야? 그런데 아무 일도 없었다고? 그의 볼은 의심할 여지없이 빨갛다.

글쎄, 아무 일도 없었던 건 아니지. 엄밀히 말하면. 이리 와봐. 나는 그에게 다가가 그의 손을 잡고 강아지 다루듯 커피 테이블 쪽으로 데려간다. 여자가 담배꽁초를 비벼 끈 자리를 가리키는데, 그때 내 눈에 들어온다. 여자가 커피 테이블에 새겨놓은 말, 씨발년.

내 입이 움찔거린다.

세상에! 그가 외친다.

하지만 나는 그의 목소리 저변에서 조금씩 끓어오르는 욕망을 감지한다. 위험은 정상성의 삶을 살게 된 사람들에게 그런 효과를 발휘한다. 몸을 누일 안락한 집과 매일 밤 함께 잠자리에 들 다른 포유류와 충분한 음식과 포도주와 커피 테이블이 생긴 후로는 더 이상 중요하지 않다고 생각했던 것. 위험은 우리를 자극한다.

두려움. 두려움이 귀환해 잠시 우리 안에 머문다.

나는 여전히 그의 손을 잡고 있다.

두려움+분노+욕망=삶.

집과 가정과 결혼과 삶에 안전하게 폭 안겨 있으면 죽음의 맛이 느껴지기도 한다.

입으로 해줘. 내가 말한다.

그는 내 손을 붙잡고 위층으로 이끈다.

아니, 여기서. 이 자리에서.

우리는 거실 창문 안쪽, 내 영역에 있다. 커튼은 밤을 향해 열려있다.

나는 거실에서 피노를 마시고 있다. 남편은 가짜 작업실에서 그림을 그린다. 여자는 일주일째 나타나지 않는다. 나는 TV에 시선을 고정하고 조금이라도 집중하려고 애쓴다.

그때, 창문 너머에서 여러 명의 목소리가 들릴 듯 말 듯 낮게 웅얼거린다. 동네 순찰대다. 나는 TV 화면 위의 이미지에서 거리를 걷는 사람들의 이미지로 고개를 돌린다. 다들 '데이글로'에서 산 듯한 형광 조끼, 주황색 모자, 한 걸음 걸을 때마다 낡은 등대처럼 빛을 발하는 나이키 운동화로 복장을 통일했다. 그들의 과도한 목적의식에 발맞춰 손전등이 앞뒤로 흔들린다. 아이들을 데리고 나온 여자들은 대열 가운데에 몰려 있고, 남자들은 바깥쪽을 둘러쌌다. 두려울 것 하나 없는 얼굴이다. 그들의 움직임은 완벽한, 잔혹한 군무다. 아마 동서남북으로 각각 다섯 블록씩 순찰할 것이다. 그들의 사명을 증명해 보일 것이다.

목구멍을 타고 역류하는 포도주가 느껴진다. 남편을 데리고 와서 함께 그들을 구경할 생각이다. 내 집, 내 삶 안에서 분통을 터뜨리고 그들을 욕할 생각이다. *이 멍청한 좀비들을 보라지. 이 사람들이 원하는 건 두려움이 더 커지는 거야. 줄어드는 게 아니고.* 그런데 바로 그때, 우리 집 앞을 지나던 한 여자가—세상에, 저 여자 셔리즈인가?—풀이 무성한 우리 집 잔디밭에 있는 힘껏 침을 뱉는다.

분노가 내 얼굴에 빛을 밝힌다.

나는 누구지?

중독자.

늦은 밤. 잠들기 전, 나는 창가로 돌아간다. 이제 길모퉁이에는 수상한 사람이 없다. 골목에도 위험한 사람이 없다. 거리는 한적하고 텅 비었다. 얌전한 이웃 몇몇이 포치에서 노닥거릴 뿐, 길거리에는 아이들도 없다. 무사하고 안녕한 시간이 흐른다. 거리는 깨끗하고 말끔하고 멍청—아니, 내가 하려던 말은 그게 아니다. 멀쩡, 거리는 멀쩡하다.

가장자리

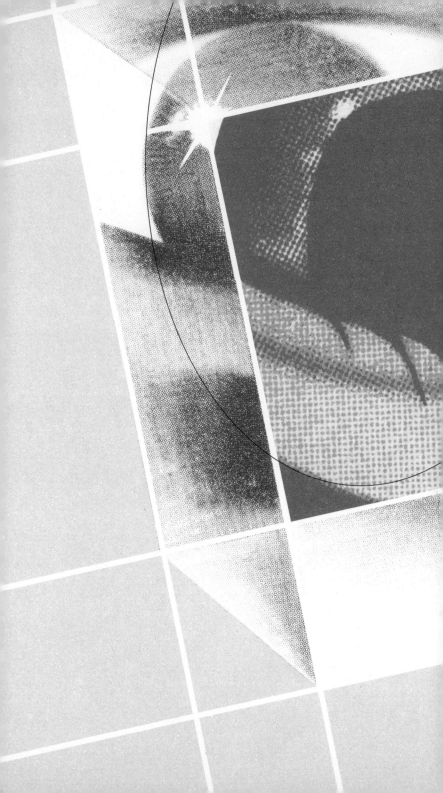

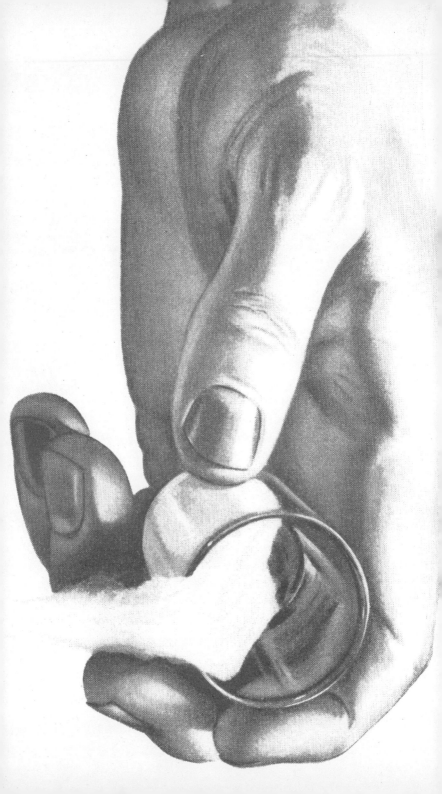

세속적인 쾌락의 동산

The Garden of Earthly Delights

—

보스(Bosch)는 시계에 시선을 집중하고 말한다. 육, 십이, 육. 육을 지날 때 시작, 십이를 지날 때 끝. 육을 지날 때 다시 시작, 다시 끝, 다시 시작. 손 밑에서 미끄러지는 연어와 농어의 감각, 손바닥과 손가락에 맞닿는 비늘과 점액. 그의 호흡이 바다 내음에, 수천 개의 갈라진 배 속에 닿는다.

옆에는 새로 들어온 남자가 있다. 여드름이 울긋불긋한 피부, 탈색한 금발 머리카락, 예술가 같은 손가락. *한 달도 못 버*

티고 그만두겠지. 버틴다면 완전히 다른 사람이 될 테고, 가족
들이 변했다며 싫어할 거야. 그가 하는 생각이 어린 남자 주변
을 물처럼 감싼다. 보스는 벌써 그를 집에 데려가고 싶다. 어쩔
수 없다. 이 초라한 푸른 잿빛의 풍경 위에서 그는 쾌락을 상
기한다. 그의 머리카락에서 향기가 넘어온다. 보스는 마음속
으로 자신의 가슴 위에 놓인 그의 머리를 그려보고, 그에게 세
상을 살아가는 법, 손을 관리하는 법, 깨어있는 상태로 잠드는
법, 몸을 자동 조종 모드로 전환하고 팔다리와 손을 자유 의지
에 내맡긴 채 아무런 생각 없이 존재하는 법을 알려주는 자신
을 상상한다. 왠지 각별한 그의 얼굴. 눈동자에 서린 앳됨. 파
란 눈동자 위를 팽팽하게 덮고 있는 얇은 막. 물고기의 눈 위에
덮여 빛을 모으는 얇은 막을 닮았다.

　근무 시간이 끝난 신입은 뒷골목에서 담배를 피우고 있다.
왼발을 건물 옆면에 대고, 입술로 느슨하게 담배를 물고 있다.
손을 주머니 깊숙이 찔러 넣어 꼭 팔이 없는 것 같다. 보스는
생각한다. 젊음은 이런 모습일까. 밤을 배경으로 담배를 피우
는 굽은 등, 긴 인생이 기다리고 있지만 그것에 저항하는 몸.
원하지만 원하지 않는 몸. 따뜻한 굴복으로 채워진 안주머니
에서 술병을 꺼내 그에게 건네는 일은 너무나도 쉽다. 그러나

그보다 쉬운 것은, 10분쯤 아무 말도 없이 술병을 주고받으며
둘 사이에 서늘하고 흰 밤의 입김을 띄워놓다가 그를 집으로
데려가는 일. 나무 벽과 작은 검은색 난로, 흰 사각 아이스박
스, 대충 꾸려놓은 잠자리, 커튼 뒤의 변기, 밤을 갈구하는 창
문이 다닥다닥 들어찬 원룸으로 그를 데려가는 일이다.

"집 멋지네요." 아무것도 모르는 그가 말한다.

"살 만해."

"분명 이런 건 예상 못 했던 것 같네, 맞죠?"

"뭘 예상 못 해?" 보스는 천천히 한 겹씩 옷을 벗기 시작한다.
그의 피부는 뜨겁고 또 차갑다.

"이것." 그도 옷을 벗는다. 빗장뼈와 어깨의 움푹하고 둥그런
곡선, 긴 팔 밑으로 손이 보인다.

보스는 "이것"이 무엇일지 고민하고 고민한다. 자기 눈앞에
있는 남자일까, 둘 사이에서 기도문처럼 길어진 성기일까, 서
로에 대해 아무것도 모른다는 유혹적이고 관능적이고 침이 고
이는 무지일까? 아니면 "이것"이란, 새로운 계절과 파도와 달
이 나타나 세상을 전복할 때까지 영원히 기다려야 했던 자신
의 인생을 말하는 걸까? 어린 남자의 입술이 도톰하게 튀어나
온다. 어리광쟁이. 보스는 생각한다. 아니, 이것은 한입 가득

한 축복이다.

볼품없는 공간에 열기가 차오르고, 하늘의 별이 발가벗은 몸에 빛을 드리운다. 보스에게는 자신의 손이 보이지 않지만, 양손은 미끄러지며 움직이고 나아간 끝에 형체를 찾아낸다. 어린 남자는 보스 밑에서 헤엄친다. 핥고 장난치고 밤의 수면 아래서 물살을 가른다. 호흡은 푸른 과거로 이어지는 길을 닦는다. 그들의 입이 벌어지고, 빨아들인다.

두 얼굴이 밤의 수면으로 향한다. 보스는 어린 남자와 나이가 비슷했던, 잠깐 일하다 그만둔 누군가에 관해 이야기한다. 그 바보는 맨손으로 꼴같잖은 눈사람을 만들다가 손이 동상에 걸렸고, 다들 그걸 알아봤는데 정작 본인만 몰랐다. LSD를 잔뜩 처먹는 바람에 손에 무얼 씌워놓은 것처럼 감각이 없는 상태로 출근해서는 노란색 고무장갑도 끼지 않고 일을 했다. 결국 누가 그의 손을 보고 말했다. *세상에, 이것 좀 봐. 손이 고깃덩어리가 됐네.* 결국 사람들이 그를 병원에 데려갔고, 그는 팔 밑에 달린 시뻘겋고 쓸모없는 살덩이 둘 중 하나를 영영 잃었다. 기껏해야 스물두 살 정도였는데.

"그게 문제야." 보스는 불쑥 말하기 시작한다.

"너희들은 하루 반나절을 약이든 뭐든 집어먹고 잔뜩 취해서 허비하잖아. 여기선 그런 식으로 행동하다가는 큰일 나. 실수하면 바로 끝장이라고. 여기에 있으려면 이곳의 리듬을 배워야 해. 이 직업은 여느 일 같지 않아. 취한 채로 출근하지 마. 당부하는 거야. 다른 사람들은 너를 이용할걸, 골탕 먹일 거라고. 네가 그만두면 자기들 월급이 오르니까. 너희 어린애들, 대학생들이 학기 중에 서빙 알바 같은 건 하기 싫어서 그러는지, 웬 똥차나 약을 사고 싶어서 그러는지, 아니면 내가 모르는 무슨 재미있는 게 있는 건지 여름 동안 바짝 당기러 오던데. 다만…… 내가 하고 싶은 말은, 조심하라는 거야. 정신 똑바로 차려. 그럼 괜찮을 테니까."

어린 남자는 손가락으로 보스의 배 위를 간질인다. 깃털처럼 가벼운 살결의 속삭임. 보스의 몸속 모든 것들이―장기, 근육이―그 간질임을 향해 꿈틀거리고 고개를 든다.

보스는 어린 시절의 침대 속에, 어머니의 집에 있다. 아버지가 집을 떠난 지도 2년이 지났다. 쓸모없는 그의 아버지, 다이너 식당에서 일하는 그의 아버지, 세븐일레븐에서 일하는 그의 아버지, 자식을 먹여 살려야 하는 그의 어머니. 지금은 밤이다. 그의 어머니와 어떤 남자의 손끝에서 현관문이 덜컹거리고 삐걱거리고 갈라져 열린다. 웃음을 타고 두 사람의 몸이 집 안으로 들어온다. 보스는 숨을 참는다.

그의 심장박동이 귓속에서 먹먹하다. 이불 아래서 옴짝달싹하지 않아 땀이 맺히기 시작한다. 숨을 죽인다. 그들은 위태롭게 나뒹굴고 가구에 부딪히며 불협화음을 일으킨다. 그들이 보스의 방 벽에 몸을 부딪으며 벽을 무너뜨리려 한다. 아니다. 그들은 어머니의 방으로, 어머니와 아버지가 쓰던 방으로, 푸른색 벽과 푸른색 침대와 향수와 거울의 방으로 가고 있다.

아침이 오자 남자는 핀토 왜건을 타고 사라진다. 보스는 시리얼을 먹는다. 그의 머리카락은 부스스하고, 작은 주먹이 수저와 그릇을 잡고 있다. 그는 우유와 흰 수면을 둥둥 떠다니다 위아래로 부유하는 시리얼 조각을 응시하고, 무엇이든 응시하고 또 응시하면서 부엌으로 들어오는 피곤하고 늙고 술 취해단내 나는 여자만은 외면한다. 무언가가 —그의 호흡이?—그의 속내를 누설한다.

"뭘 그렇게 봐, 이 자식아? 백날 위티스 시리얼 속이나 들여다봐라. 그 안에 해답이 있는지. 절대 없어!"

코웃음 소리.

"이봐. 가장 아저씨. 너한테 하는 말이야. 우라질, 넌 언제쯤 취직을 해서 네 밥값을 할래? 잘 알겠지만, 내가 언제까지나 네 이들이들한 얼굴에 먹을 걸 넣어줄 순 없다고. 네 앞가림할 나이는 지났잖아. 너, 네 정체가 뭔지 말해줄까. 내 등에 빨대 꽂은 놈이야. 어미 등에 빨대 꽂은 놈. 쪽, 쪽, 쪽. 널 보면 복장이 뒤집혀."

어머니가 손에 술병을 든 채 부엌을 떠나기 전, 보스는 천천히 고개를 들어 어머니를 바라본다. 확대된 어머니의 눈은 희뿌옇고 입에서 나오는 것은 언어가 아니라 공기 방울이다. 보스의 의식은 소리 없이 어머니에게서 멀어지고, 물이 그의 귀와 코와 입을 채운다. 그의 심장이 엇박자를 친다. 어머니가 색색 실크로 녹아내려 너울거린다.

그의 이름은 애럼. 그는 보이지 않는 곳, 보스의 작업 라인 맨 끝에 있다. 가끔 시야 한구석에 그의 탈색한 머리카락이 빼꼼 나타나면 기쁘다. 보스는 자신의 피부에서 전보다 더 강해진 온기를 느낀다. 맥박에서도 사뭇 힘이 느껴지고, 두 손도 전과는 완전히 다른 방식으로 물고기 사이에서 미끄러지고 오므라

들고 파고든다. 근무를 시작한 지 세 시간이 지나면 으레 단단히 뭉쳐 아프던 목과 머리의 접합점이 변함없이 유연하고, 한 시간 남았을 때면 으레 굽고 무뎌지던 척추도 꼿꼿하며, 지나간 하루의 무게에 욱신거리고 찌릿찌릿하던 두 발도 이제 아무렇지 않다. 꼭 무너졌던 정신이 조각조각 다시 세워지는 듯하다. 애럼이 부드럽게 깜깜한 밤으로 접혀 들던 모습, 그의 상체, 보일 듯 말 듯한 그의 등 근육, 잠의 바닷속으로 안내하는 지느러미 같은 갈비뼈가 눈앞에 떠오른다. 바다의 소금 내음이 옛된 남자의 이미지와 섞이고, 감각의 합일은 현재를 압도한다. 보스는 그저 호흡하고, 일은 놓아버리고, 그의 몸이 생각 없이 움직이고, 내면의 눈동자는 얽히고설킨 기억을 파고드는데, 아니 기억이 아니라 미래인가, 거대한 물처럼 그를 향해 밀려드는 그것은?

애럼의 입이 보스의 성기를 감싼다. 애럼의 머리 뒤에 보이는 밤의 어둠을 배경으로 난로와 작은 불빛이 떠오르고 또 사라진다. 머릿속에 있던 생각이 다리 사이로 빨려 나간다. 눈을 감고 세상의 입으로, 동그라미 모양의 젊음으로 절정을 쏟아낸다. 그곳에서 길을 잃는다. 어린 남자가 그를 자신에게서 해방한다. 그는 애럼의 머리에, 밝고 아름다운 천사의 원광에 손을 얹는다. 멍하고 짜릿해진 몸으로 잠시 움직임을 멈춘다.

시애틀에 일자리가 있기는 했지만, 그 주변 도시인 이사콰와 치핼리스와 세킴 출신 남자아이들은 사무직과 대학을 거치는 사이 몸이 뒤틀려 다들 기형이 되었다. 고등학교 졸업장밖에 없다는 현실은 그의 이마에 이렇게 적힌 메모를 붙여주었다. *나는 당신의 언어를 모릅니다, 더 천천히 말해주세요, 이제 어디로 가야 합니까?* 시애틀은 냄새도, 공기도 달랐다. 사람들의 머리카락과 어깨조차 다른 모양이었다. 다들 도로 위로 또각거리는 구두 굽처럼 침착하고 재빨랐다. 길모퉁이 술집에서 테이블 치우는 일자리를 얻었을 때 그의 어머니가 말했다.

"그럴 줄 알았지. 넌 네 아비랑 똑같구나. 그렇지 않아? 둘 다 얼굴만 반반한 게. 그 손으로 여자들을 잘 대접해 주라고. 네 아비가 잘하는 건 그것밖에 없었지, 장담해. 넌 머리도 안 좋고, 생각해보면 체력이 좋은 것도 아니잖아. 그러니 평생 그 어떤 것도 쉽게 얻지 못할 거야. 네 도톰한 입술 좀 봐, 어리광쟁이들 입술이 저렇지. 열여덟 살도 되기 전에 사고 한번 칠 거야, 저거. 코뼈가 부러져서 집에 오겠지."

그러고는 농어처럼 크고 더럽고 탐욕스러운 입을 벌리고 웃었다.

어느 밤에는 집에 오면 어머니가 없었으나 곧 나타났다. 보스는 이어폰을 입술이 튀어나올 정도로 세게 귓구멍에 쑤셔 박고 자기 방, 자기 영토에 머물렀고, 악한 이국의 세력인 어머니는 문을 쾅쾅 두드리거나 벌컥 열고는 두 사람 주위로 흐르는 단절의 공기를 가르며 휘청휘청 안으로 들어왔다. 그러고는 울거나 욕설을 퍼부었다.

어느 밤에는 남자들이 찾아왔다. 반들반들하게 넘긴 검은 머리칼이 레코드판처럼 매끄럽고 치아가 휑하게 빠진 남자들, 피부가 가죽처럼 얇고 눈알이 눈구멍 속에서 구슬처럼 헤엄치는 남자들. 한번은 아주 이른 아침에 어머니가 알몸으로 화장실에 걸어가는 모습을 보았다. 처진 가슴이 둥그런 유리병 같았다. 어깨가 축 늘어진 모양은 척추가 이미 오래전에 녹아버린 듯했고, 엉덩이는 볼록한 것이 아니라 옴폭했으며, 배는 멜론처럼 둥글고 단단해 아이처럼 불룩하게 솟아있었다. 그날 어머니는 화장실 앞에서 넘어졌다. 푸른 멍처럼 어슴푸레한 빛

속에서 반쯤 잠든 의식으로 목격한 것은 어머니가 바다 위에서 꿈틀대다가 고개를 돌리는 모습. 일그러진 얼굴, 애원을 담아 그의 방 쪽을 바라보는 시선, 처진 입꼬리가 그리는 끔찍한 곡선이었다. 그는 문을 닫고 귀를 닫고 생각을 닫았다. 침대 속으로 들어가자 마음이 굽이쳤다. *내 몸에는 무게가 없다. 나는 아무것도 아닌 표류하는 존재.*

애럼은 그만두지 않는다. 그게 다가 아니다. 반년이라는 시간 동안, 보스는 그 누구의 몸보다 이 아름다운 남자의 몸에 대해 더 잘 알게 된다. 가끔 혼자 있을 때 눈을 감으면 두 손에 어린 연인이 잡힐 것만 같다.

손바닥 사이로 커피의 온기가 전해지는 어느 저물녘.

"이런 식일 거라고 예상했어?" 보스가 묻는다.

"아니. 응. 일 말하는 거지. 응."

"그럼 나는?"

"너?"

"나."

보스의 눈빛은 아무것도 내비치지 않는다. 그는 자신의 방

하나짜리 세계에 입장한 이 아름다운 남자를, 깊어 가는 어둠에 빛을 드리우는 불꽃같은 머리카락의 남자를 바라보며 앉아 있을 뿐이다.

"아니. 너 같은 사람이 있을 거라곤 생각 못 했지. 그리고 우리 사이에 무슨 일이 생길 거라고도…… 예상 못 했어."

애럼은 의자에서 일어나 보스가 늙은 짐승처럼 앉아있는 침대 모서리로 온다. 등이 굽은, 놀란 듯한 얼굴의 보스. 애럼이 자신의 몸을—팔을, 다리를, 몸통을—보스의 몸에 엮어내고, 팔다리가 지느러미처럼 움직이는 공간을 채운다. 부드럽게 속삭인다.

보스는 눈을 감고 이 감각에 집중한다. 그래야 모든 것이 사라진 후에도 기억만은 남을 테니까. 사라질 것이다. 그렇지 않겠는가? 원래 세상은 그런 법이고, 원래 시간이란 그런 것, 개 같은 것이니까. 지금껏 그는 진창처럼 느릿느릿 흐르며 모든 걸 집어삼키는 이 시간이란 것에 단 한 번도 마음 쓴 적 없었는데, 갑자기 시간이 세상에서 가장 중요한 게 되어버렸지 않은가? 이 비좁은 세상에는 삶과 죽음이 가득 들어차 호흡하거나 불을 피울 산소조차 없다. 사라지기도 전에 기억한다는 것은 이상한 일이다. 사라지기도 전에 이미지와 인상을 고이 접어 뇌 속의 회색 미로에 가둬야 한다는 것은 이상한 일이다. 온종일 내면의 눈동자로 그것들을 상상하고 또 상상한다. 광활하게 펼쳐진 희고 흰 알래스카의 겨울빛 같은 풍경이 펼쳐진다.

"알고 싶어. 너의 모든 걸, 아주 작은 것까지 다 알고 싶어." 보스의 목소리는 거의 애원하는 듯하다.

"우리 둘 다 서로에 대해 잘 알잖아." 애럼이 씩 웃으며 답한다. "점점 더 알아가고 있고." 그의 손은 보스의 등 곡선을 따라 위쪽으로 오르더니 어깨를 넘어 가슴과 심장을 지난다. 익숙한 길을 걸어가는 것처럼. 보스 몸의 모든 혈관과 흉터와 살갗 위의 길을, 그 위에 자리 잡은 생각들을 태어나기 전부터 꿰고 있는 것처럼. 가슴 속 보스의 심장이 점점 육중하게 박동하고, 단단하게 조여든다. 얼굴은 울음이 터질 듯 일그러지다가 곧 활짝 펴진다. 그는 남자아이였던 자신을 떠올리고, 그 기억을 바득바득 이로 갈아 없앤다.

남자아이가 뭐지?

보스의 눈에 멍이 들었다. 어머니의 집 복도에서 딱 한 번 마주쳤을 뿐인 남자가 그를 때렸다. 왜인지는 모르겠고, 그저 곤란한 시간에 곤란한 장소에 있었던 탓에 복도를 걸어오던 망치 같은 손을 가진 거대하고 술 취한 남자와 마주쳤다. "씨발 뭘 보고 그렇게 히죽거려?" 보스는 혼자서 방으로 돌아온다. 욱신거리는 얼굴을 방문의 나뭇결에 대자 어머니와 남자가 싸우는 소리가 들린다. 상승하고 하강하는 목소리, 주먹이 쿵 꽂히는 소리와 무언가가 부서지는 소리, 유리가 산산이 조각나는 소리가 들린다. 어쩌면 갈비뼈일지도.

어머니는 말싸움에 능한 사람이라 가장 지독한 남자와 맞붙어도 움츠러드는 일 없이 싸우고 또 싸울 수 있는 사람이다. 그 정도로 배짱이 두둑한 사람이다. 하지만 지금 어머니는 조용하고 이 침묵은 불가해하다. 머리 전체를 문에 바짝 붙여보아도 아무런 소리가 들리지 않는다. 덩치 큰 통통한 남자가 느릿느릿 육중한 발걸음으로 집에서 나가는 소리, 집 안이 벽마다 바닥마다 전부 흔들릴 정도로 세게 문이 닫히고 카마로가 끼익 하며 멀어지는 소리까지 들린다. 이제 문 반대편에는 아무런 아무런 아무런 기척도 없다.

윗입술에 땀이 맺힌다. 부어오른 얼굴이 땀으로 촉촉하고 창백하다. 문에 약하게 머리를 찧어본다.

"어머니."

아무 반응이 없다.

방문을 열고 복도를 지나 어머니의 방으로 향한다. 문을 연다. 어머니는 그가 예상했던 것처럼 방 안에 있다. 바닥에 웅크린 어머니, 피가 흥건한 입가, 부어오른 눈, 위로 돌돌 말린 복숭아색 새틴 속옷, 푸른색 복슬복슬한 카펫 위에 부유하듯 널브러진 어머니.

"어머니."

그는 어머니를 부축해 일으켜 침대로 데려간다. 죽지는 않았다. 그저 정신이 흐려져서 눈에 힘이 풀린 채 중얼중얼 헛소리 중일 뿐이다. "없애버릴 거야." 어머니가 말한다.

"그 사람 갔어요." 그가 대꾸한다. "문 잠가놓을 거예요. 이제 가고 없어요." 행주 하나로 얼음주머니를 만들고 또 하나에 비누를 묻힌다. 얼굴을 닦아주고 눈과 입에 얼음을 댄다.

어머니는 부어서 튀어나온 입술로 자꾸만 낱말을 흘리고, 싫다고 싫다고 머리를 흔든다. "이 안에 있어, 없애버려야 해." 그는 생각한다. 여자로서 이렇게 개같이 밟히는 건 어떤 경험일까? 그로서는 알 수 없다. 어머니에게는 그와 닮은 점이 아무것도 없다.

어머니가 잠으로 흘러들자 그는 자기 방으로 돌아간다. 동이 트기 직전, 만년설과 광활하고 흰 알래스카를 떠올린다. 태양이 우리 모두를 품고 북극으로, 저세상으로 흐르는 광경을 상상한다.

어린 연인은 모자를 벗고 두툼한 빨간색 파카의 지퍼를 내린다. 자신을 한 꺼풀, 한 꺼풀 벗겨내듯, 인형 안에 작은 인형이 있고 그 안에 더 작은 인형이 있는 마트료시카처럼 그의 형태가 조금씩 작아진다. 스웨터의 등 부분을 잡고 머리 위로 벗어낸다. 머리카락이 헝클어진다. 리바이스 청바지의 은색 단추를 위에서부터 차례대로 빠르게 풀어낸다. 상체를 아래로, 그리고 위로 뻗어 티셔츠를 벗자 젖꼭지가 금세 단단해진다. 그의 입술이 잠시 떨린다. 내복을 조금씩 벗어내고, 근육과 무릎과 뼈를 지나 발목까지 닭살 돋은 다리를 드러내고, 발을 하나씩 잡아 뺀다. 속옷도 벗는다. 갓난아기처럼 발가벗었다. 아름답고, 완벽할 정도로 가만하다. 움직이는 것은 그의 들숨과 날숨뿐이다. 보스는 눈물이 터져 나올 것만 같다. 그의 향기를 맡는다. 달콤한 땀과 비누와 피부 내음. 두 사람 사이에서 그의 성기가 부풀어 오르고 강한 맥박과 함께 붉어진다. 보스의 입에 침이 고인다. 무거운 팔 끝에서 손이 저릿저릿하다.

아이를 안듯 그를 안아주고 싶다. 그를 부드럽게 흔들어주면 그가 자신의 가슴을 빨고 성기를 꽉 잡아주기를 바란다. 성모 마리아와 아이를 완벽하리만치 묘사해낸 어떤 중세의 회화 같은 것을 상상한다. 욕망에 욕지기가 치밀고, 손을 뻗어 그를 만진다.

그들은 바닥을 뒹굴며 몸을 섞는다. 보스는 연인의 등을 끌어안고 앞으로 손을 뻗어 그의 성기를 애무한다. 애럼의 등이 강하게 휘어지며 머리가 보스의 어깨와 목 사이에 묻힌다. 연인의 얼굴이, 일그러진 천사가 보인다. 그가 절정에 이르며 그의 몸 이곳저곳, 보스의 손까지 젖는다. 우윳빛이 뿜어져 나오자 보스도 위로, 안으로 분출한다. 애럼은 그것이 척추에서 느껴진다며 웃음 같은 것을 웃는다. 눈부신 미소. 보스가 말한다.

"평생 지금 이대로 있고 싶어. 어느 것도 바뀌지 않았으면 좋겠어. 내가 평생 기다렸던 게 이거야, 이 느낌."

그리고 생각한다. 문장은 우리에게 온갖 그릇된 방식으로 희망을 준다고. 언어는 우리를 고문해 믿음을 품게 만든다고.

실은 두 사람이 서로를 끌어안고 바닥에 머무를 수 있는 것은 방의 온기가 사그라들기 전까지다. 결국 보스는 난로에 장작을 채우기 위해 옷을 입고 헛간으로 향한다. 그는 애럼을 두고 떠나며 생각한다. 곧 잠들겠지. 그러면 몇 시간쯤 함께 잠잘 수 있어. 그는 애럼을 안에 두고 떠나지만, 연인의 향기가 심장까지 닿을 수 있도록 깊이 숨을 들이쉬며 흰 외부세계로 입장한다.

잠에서 깨자 새소리가 들린다. 배를 타고 알래스카로 가고 있다고, 이것은 갈매기 소리라고 생각한다. 하지만 새소리가 아니다. 더 희미하다. 사람이다. 남자아이가 조그맣게 흐느끼는 소리다. 아니다. 흐느끼는 사람은 그의 어머니다. 그는 안방으로 간다. 아무도 없다. 소리를 따라간다. 어머니는 화장실에 있다. 어두침침하다. 무언가 이상한 냄새가 난다. 꺼려지는 마음에 머뭇거리며 문을 열었을 때 보이는 것은, 흰색 바닥 위의 어머니와 아기. 어머니 옆에 웅크리고 있는 빨갛고 푸른 작은 살덩이, 태아. 5개월, 6개월쯤 됐을까? 어머니는 어쩌나 창백한지 꼭 시체 같다. 몇 시간 전부터 산소 공급이 끊긴 것 같다. 어머니의 입이 뻐끔거린다. 손이 잠시 경련한다. 그는 몸을 구부리고 그것을 바라본다. 남자아이이다. 남자아이였다.

　헛간을 살펴보니 장작을 더 패야 할 모양이다. 시간 끌지 말고 그냥 돌아갈까, 고민하는데 애럼이 얼마나 잠을 즐기는지 생각난다. 한 시간 정도는 잠자는 아름다운 남자에게 길지 않은 시간일 테다. 꿈속에 머무르게 해주자. 잠결에 실려 사물의 외피 밑을 탐험할 수 있게 해주자. 밤마다 죽음의 이미지가 다시 태어날 수 있도록 하자. 그는 이유 없이 사무치는 마음에 몸을 들썩이며 흐느낀다. 팔 한가득 장작을 든다. 그에게 해방감을 줄 수 있을 정도로 무거운 것은 세상에 존재하지 않는다.
　팔에 장작이 가득한 탓에 낑낑대며 겨우 문을 열자, 안에서 풀려나는 훈훈한 공기와 밖에서 밀려드는 차가운 공기가 충돌한다. 보스는 궁금하다. 그런 상극의 충돌에서, 보스와 애럼처럼 극단적으로 다른 두 사람의 만남에서 어떻게 번개 같은 것이 튀지 않을 수 있는 걸까. 어떻게 그 안팎의 경계에서 전하 같은 것이 생성되어 새하얗게 지글거리지 않는 걸까. 그리고 그곳에 보스가 떠날 때와 똑같은 자세로 바닥 위에 꼼짝하지 않고 누워있는 그가 보인다. 아름다운 미소가 엷게 번져있는 얼굴, 감은 눈 밑으로 볼까지 길게 그림자를 드리운 속눈썹, 양쪽으로 쭉 뻗은 팔, 아이처럼 얇은 손목 피부 위로 뻗어 나가는 푸른 피의 강. 보스는 생각한다. 이곳 외에 천국은 없다, 여기가 세속의 천국이다. 그는 문을 닫고, 그들을 적대하는 모든 흰색을 막아줄 믿음 같은 불을 피운다.

연구 대상: (폭발하는) 여자

A Woman Object (exploding)

—

 씨부랄 개 좆같네 진짜. 여자가 말한다.

 그래, 그 정도면 됐다. 남자가 말한다. 그러고는 왜 그렇게 욕을 해야만 하는 건지, 왜 그렇게 싸우듯 욕을 하는지, 사활이 걸리기라도 한 건지, 그렇게 중요한 문제인지 묻는다. 그렇게 오랫동안 욕을 달고 살았는데도 왜 질리지 않았는지, 입속에서 닳아버리지는 않았는지.

 여자는 남자의 눈을 똑바로 바라보고 머릿속까지 꿰뚫는다.

그러고는 말한다. 뒈져버려.

　이상한 일이라고 남자가 말한다. 왜냐하면 이제 여자의 욕지거리는 다른 사람들의 욕설 없는 말하기와 똑같이 느껴지니까. 여자가 "씨발."이라고 할 때는 사실 "강아지 산책 좀 다녀올래?" 혹은 "편지함 좀 확인하고 올게."라고 말하는 것과 다름없으니까. 여자는 이런 말을 한 남자에게 화를 내지는 않지만 눈을 번뜩인다. 감히 여자의 말을 듣고도 아무렇지 않은 척하다니. 여자의 말 때문에 분위기가 깨지지 않은 척, 남자의 우라지게 아름다운 얼굴에 생채기가 나지 않은 척하다니. 여자는 남자가 거짓말하고 있다는 걸 안다. 진실을 간단하게 말해보자면, 남자는 텍사스 서부에 있는 웬 똥통 같은 동네의 침례교 집안에서 자랐고, 여자는 아버지라고 불리는 좆같은 장소에서 자랐다. 남자는 손이 아름답다. 여자는 입이 걸다. 그들은 연인이다.

　여자가 욕을 지껄이는 진짜 이유는 지금 두 사람이 예술가들을 위한 저녁 모임에 가는 중이기 때문이다. 남자는 여자가 그런 장소에 가면 기분이 어떻게 되는지 잘 안다. 그들이 함께 가곤 하는 예술가 모임은 허세만 가득하다. 그는 샌프란시스코에 사는 백인 남성 천재 예술가고, 샌프란시스코에 사는 백인 남성 천재 예술가의 삶에는 진실한 거라곤 하나도 없다. 그의 예술도, 그와 함께 사는 여자도, 그와 함께 사는 남자도, 갤러리도, 평론가―*세상에, 미술 평론가들은 그냥 다 쏴 죽여 버리면 안 될까?*―도, 샌프란시스코도. 모든 것이 뿌옇고 뿌옇다. 바다 안개처럼.

그 작자들이 한데 모이면 그건 그냥 거대한 똥 무덤인 거야.

여자가 말한다. 저녁 모임이 열리는 동네에 점점 가까워지며 여자는 남자의 손을 잡는다. 남자가 여자의 손을 꼭 쥔다. 여자도 남자의 손을 꼭 쥐며 생각한다. *정말이지 의미 없구나.* 자문한다. *개 같은 곳으로 가는 길에 손 한 번 잡아준다고 달라지는 게 있나? 그 행위에 무슨 희생이 있지?*

그들은 줄줄이 늘어선 색색의 주택들을 지나친다. 건물들은 무수히 늘어선 얼굴로서 앞을 응시한다. 여자의 묘사에 의하면, 존나게 기막힌 풍경, 씨발 끝도 없이 줄줄이 이어지는 개 같은 창문의 행렬. 남자의 묘사에 의하면, 계속되는 푸른 저녁빛, 안에서 밖으로 퍼져나가는 따뜻한 광채, 살아있는 집. 이야기를 시작하는 문, 창문, 지붕. 그들은 잘 어울리는 한 쌍이다. 아니 그들의 입이 잘 어울린다. 여자의 입은 폭발하고 분출하며, 남자의 입은 느긋하고 달콤하게 모든 것을 받아들인다.

거의 도착했을 때쯤 여자는 터무니없는 제안을 한다. 그냥 뒤돌아서 언덕 아래로 뛰어가면 어떨까. 수많은 문과 창문과 얼굴을 지나쳐 이 저녁의 풍경으로 뛰어들면 어떨까. 여자는 블라우스 단추를 풀기 시작한다. 빛이 어스름해 여자의 형체가 흐릿하다. 여자가 남자의 팔을 잡아당기고, 남자는 항상 그러듯 여자의 말을 한 귀로 듣고 한 귀로 흘린다. 하지만 그때 모임 장소에 있던 누군가가 남자를 알아보고 이름을 부른다. 그래서 그들은 결국 뒤돌아 안으로 들어간다. 여자는 즐거워하는 자신을, 커다란 눈으로 가쁜 숨을 몰아쉬며 밤을 향해 달려드는 발가벗은 자신을 그대로 마당에 세워두고 떠난다.

안에 있는 사람들은 전부 남자를 '페이터'라고 부른다. 이 사람 이름은 '피터'라고 여자가 그들의 말을 정정하지만 남자를 피터라고 부르는 것은 여자뿐이다. 정수리는 듬성듬성하고 양 옆에만 공들여 매만진 머리카락이 거뭇거뭇 남아있는 남자가 여자에게 귀띔한다. 페이터가 더 예술가에게 어울리는 이름이며 피터보다는 페이터의 그림을 샀다는 사람이 더 많을 거란다. 이런 이야기를 굳이 해줘야겠다고 생각하다니. 여자는 그 남자의 판단에 기함한다. 그런데 어떤 그림들이 판매 중이지? 가끔 여자는 남자의 이름조차 기억할 수 없고, 오직 그의 그림만 기억난다.

모임에서 여자는 화난 여자들이 하는 행동을 한다. 술을 마신다. 많이. 갑자기 사람들 입에서 나오는 언어가 액체로 녹아내린다. 동물들이 등장하기 시작한다. 한 남자가 도마뱀으로 변해 그의 배가 북슬북슬한 카펫을 긁고 팔다리가 뻣뻣하게 움직인다. 종일 여자들 엉덩이를 꼬집던 다른 남자는 거대하고 붉은 집게발이 달린 게로 변했는데, 집게발이 너무 무거워서 이제는 들어 올릴 수가 없다. 그리고 입술이 도톰한 여자는 복어가 되어 이따금 얼굴에서 뽀글뽀글 공기 방울을 내뿜는다. 두 눈이 머리 옆쪽으로 옮겨가고, 커다랗게 확대된다. 피터, 페이터는 깃털이 휘황찬란한 새, 지극히도 아름다운 새로 변한다. 그의 등이 흔들리고, 가슴이 튀어나온다.

여자는 포도주를 마시고 여자는 위스키를 마시고 여자는 맥주를 마시고 여자는 테킬라 샷을 마신다. 그런데도 그는 변함없이 좆같은 인간이다. 여자는 화장실로 들어가 옷 밑에서 브래지어와 속옷을 벗어낸 다음 수납장에 쑤셔 박는다. 아무도 본 적 없는 새로운 동물 종으로 변해 화장실 밖으로 나온다. 다들 여자에게 주목한다. 그들의 눈에 자신이 수려하게 잎을 펼치는 양귀비처럼 보일 것으로 상상하지만, 실제로는 얼룩처럼 보이리라는 것도 알고 있다. 머릿속에서 붉은색과 '탐닉' 사이의 무언가를 자신의 이름으로 명명한다. 남자를 찾는다.

흰 담비 혹은 족제비인 어떤 작달막한 남자가 수탉 혹은 공작새인 페이터/피터에게 이야기하고 있다. 온 세상이 빙빙 돈다. 여자는 자신의 연인이 쪼그라드는 모습을 본다. 더 가까이 다가간다. 흰 담비/족제비의 뾰족한 입이 파르르 움직인다. 더 가까이 다가가자 '우스운' 그리고 '재능 없는' 또 '죽어도 성공 못할' 같은 말들이 들린다. 여자의 연인은 족제비 앞에서 점점 쪼그라들어 작은 새로, 병아리로 변해 하염없이 삐악거린다. 흰 담비 남자의 혀는 길고 위험해 보인다. 그의 입술은 칼처럼 맞물리며 싹둑거리고 철컹거린다.

여자는 싫다. 여자는 흰 담비가 싫고, 병아리의 왜소함이 싫다. 여자는 알코올이 싫고, 예술가 모임이, 동물들이, 이 집에 발을 들인 몸이 싫다. 이제 여자의 집중력은 오직 흰 담비의 입만 겨냥한다. 사람들이 몰려들기 시작한다. 왜냐하면 당연하게도 여자가 욕지거리를 시작했고, 꽥꽥거리는 찌르레기 떼처럼 거센 독설이 밀려들고 있기 때문이다. 심지어 물고기 여자도 헤엄쳐 와서 평화를 조성하고자 두 사람 사이에 공기 방울을 빠끔거리고, 커다랗고 붉은 집게발도 자기 몸을 질질 끌고 오고, 흰 담비의 입이 짤랑거리고 싹둑거리며 찌를 듯 뾰족해지자 여자는 결국 자신의 증오를 어디로 겨냥해야 할지 깨달아 그의 주둥아리에 주먹을 날린다. 모두들 다시 인간이 된다, 인간으로서 충격 받는다.

남자 하나가 바닥에 널브러져 있다. 여자의 손 관절이 아프다. 이름이 기억나지 않는 어떤 남자가 가만한 손길로 여자를 인도한다. 그가 말한다. *괜찮아, 괜찮아.* 돌연 여자는 깨닫는다. 우라질 좆같은 자기 인생은 매일 밤 이런 식이라는 것을. 매일 밤 이런 기분에 휩싸인다는 것을. 남자의 손이 여자의 얼굴과 어깨를 감싼다. 남자는 여자를 괜찮은 상태로 조각해내려 한다. 축 늘어진 여자의 손이 쓸모없다.

이 사랑이 계속되려면 여자는 날마다 죽을 때까지 남자와 싸워야 한다. 그는 그림을 그리고 또 그릴 것이다. 여자는 이 모든 것이 끝나기를 갈망한다. 이 세월이, 이 관계가, 이 기다림이 끝나기를. 이 삶의 절정이 끝나고 새로운 삶이 시작되기를. 여자는 절정을 향해 달려간다. 손은 잊어버린다. 여자에게는 입뿐이다. 남자는 여자가 있든 없든 그림을 그릴 것이다.

코스모스

Cosmos

—

도시의 명소 하늘 천체관에서는 매주 목요일과 금요일 밤에 레이저 쇼가 열렸다. 쇼가 진행되는 동안에는 핑크 플로이드의 앨범—〈다크 사이드 오브 더 문(Dark Side of the Moon)〉—이 흘러나왔다. 관객은 대부분 10대였다. 그런 밤이면 천체관은 과학적인 색채를 잃어버렸고, 좌석 깊은 곳까지 파고드는 손과 입술과 땀에 주인공 자리를 양보해야 했다. 별자리와 은하수는 네온 조명이 빚어내는 도형들에 굴복했다. 기하학적

패턴은 수학 방정식으로 대체되었다. 음악은 서사에는 실패했지만 묘사에는 완벽했다. 밑에 모인 취기 가득한 눈동자들은 쇼에 집중하는 대신 그저 잿빛 유리구슬처럼 위쪽을 향할 뿐이었다. 객석은 찰 수 있을 만큼 차 있었다.

매주 토요일 아침에는 천체관을 철저하게 청소해야 했다. 10대들이 자기 생활양식의 증거, 손때 묻고 끈적끈적한 유물 같은 것들을 잔뜩 남겨두고 떠나기 때문이었다. 음식, 껌, 담배꽁초, 콘돔과 담배 마는 종이. 립글로스와 고무 밴드. 플라스틱 음료병, 탄산음료 캔, 빨대, 바닥 가운데로 굴러와 작은 우주선처럼 덩그러니 놓인 맥주병. 고립되고 버려진.

8년 전부터 그곳의 청소 담당은 타이 코너였다. 그는 10대라는 종족을 아주 작은 부분까지 속속들이 학습했다. 그들이 어둠 속에 모여 있는 모습을 관찰하면서 그들의 행동을 기록하고 메모하고 가설을 형성했다. 그는 사회 집단과 인간 세계의 짜임새를 연구하면서 뜨거운 열정을 느꼈고, 그런 열정은 그의 머릿속에 비눗방울을 불 듯 기발한 생각들을 불어넣었다. 그의 눈에 10대들은 내면에 물질과 에너지로 이루어진 커다란 세계를 품고 있는 것 같았다. 그들이 남기고 간 물건들을 전부 가지고 싶었고, 잘 정리해서 아름답고 진실하고 새로운 무언가로 재탄생시키고 싶었다. 그들의 존재를 동력으로 삼는 동시에 그것을 완전히 새롭게 재창조하고 싶었다.

시간이 지나며 타이의 집에는 그들이 남기고 간 것들을 재료 삼아 작은 도시가 만들어졌고, 그들의 흔적을 이용한 건축물이 세워졌다. 그는 식탁 위에 그들의 생활 양식을 주제로 한 작품을 구축했다. 도시를 재현해놓은 여느 정교한 모형처럼 그는 10대들의 존재 증거를 조립했다.

시작은 꽤나 단순했다. 어느 날 그는 천체관에서 립스틱을 발견했는데, 기어와 피스톤처럼 부드럽게 상승했다가 하강하는 작동 방식에 완전히 반해버렸다. 즉시 떠오른 것은 건물 청사진에 등장하는 높은 탑 같은 것이었다. 옛날에 많이 보이던 우뚝 솟은 굴뚝과 크게 다르지 않은 모양새였지만, 미래적이고 새로운 도시에서는 수압식으로 아래위로 움직이며 에너지를 만들어 내거나 엘리베이터와 비슷하지만 더 발전된 형태의 이동 수단으로 기능할 수도 있었다. 이렇게 그는 립스틱을 첫 작품으로 다른 도안을 그리기 시작했으며, 물건도 더, 더 많이 모으게 되었다. 물건들은 젊음에서 탄생한 이 새로운 도시에서 각각 뚜렷한 목적을 지녔다.

10대 아이들은 천체관에서 우르르 몰려나가기 전에 더는 필요하지 않거나 마음에 들지 않는 물건을 남겨두었다. 마치 유품처럼 흘려둔 물건이었다. 깨진 아이폰, 다양한 전자 담배 기기, 배터리와 아토마이저, 휴대용 술병과 예스러운 은 라이터, 머리끈, 풍선껌 같은 핑크 색상의 후지 인스탁스 미니 9, 무선 모바일 블루투스 스피커, 비츠 헤드폰, 갖가지 생수병, 사용감 많은 PS4 컨트롤러, 파라코드 팔찌. 그는 물건들과 물건들을 통해 진화해가는 도시를 생각하면 경이감에 휩싸였다.

그는 그곳에서 밝고 아름다운 미래를 보았다. 그 미래에선 전화선과 전자기광을 통해 이동하는 정보 그리고 TV 주파수처럼 일시적이고 유동적인 것들을 위해 도덕이나 시민의 의무 같은 것들은 쉽게 폐기되었다. 그에게는 전부 완벽하게 논리적이었다. 10대들은 자신의 흔적이 묻은 물건을 남겨두었고, 그들의 물건은 존재의 새로운 질서, 새로운 문화와 상부구조, 코스모스를 향해 펼쳐지는 우주여행과 신개념 무기를 상징했다. 그들의 눈동자 속 공허함은 권태나 밀레니얼 세대 특유의 무심함 때문이 아니었다. 진부한 풍광 앞에서 따분함을 느낀 미래의 모습이었다. 버려진 쓰레기처럼 사라지는 과거의 모습이었다.

어떤 사건도 그의 집중을 흐트러뜨리지 못했다. 낮에는 청소

했고 밤에는 도시를 건설했다. 토요일 저녁은 지식의 분수령을 이루는 날이었다. 할 일이 흘러넘쳤다. 사물에 대한 깊은 숙고를 수반하는 세심하고 고통스러운 노동, 치열하게 구현해낸 상상력, 떨리지 않는 손, 무에서 유를 창조하려는 의지가 필요했다. 그는 유독한 쓰레기장 위로 다리를 세우고 캔과 종이로 만든 터널을 설치했다. 콜라와 스프라이트와 다이어트 펩시 캔이 백화점 통로처럼 빌딩과 빌딩 사이를 연결했다. 볼펜 끝에 콘돔을 씌우고 팽팽하게 당겨 상업 및 기술 센터 위로 거대한 천막을 쳤다. 천막에는 두 가지 목적이 있었다. 기온이 일정하고 안정적인 환경에서 업무가 이루어 질 수 있게 해주었고, 복잡한 생화학적 과정을 통해 온실가스를 수소 산소 부산물로 변환시켜 생수병으로 만든 육중한 탱크에 저장할 수 있었다.

그가 특히 자랑스러웠던 기능은 쓰레기 배출 시스템으로, 모든 쓰레기는 그 시스템을 통해 도시 밑으로 빨려 들어간 뒤 사용 가능한 재생 연료로 재탄생했다. 사회적 공간 한구석에 커다란 흡입구를 갖추어 하루에 세 번 공기 중의 오염물질과 일반 쓰레기가 전부 그곳으로 빨려 들어갔고, 그렇게 쓰레기와 오염, 심지어 곤충과 설치류까지 전부 제거되었다. 오염물질 흡입 프로그램이 시작된 첫해에 끔찍한 사건이 발생한 후로는 뜻하지 않게 작은 반려동물이나 아이들이 제거되는 일이 없도록 입구에 창살을 설치했다. 그 뒤로 도시는 더욱더 효율적이고 아름다워지기만 했다. 타이는 이와 같은 시스템을 구상한 그림과 계획으로 노트 여러 개를 빼곡하게 채웠다. 가끔은 잠들기 전에 미래의 역사학자들이 그 노트들을 발견하고는 타이의 통찰력에 입을 떡 벌리는 광경을 상상하기도 했다.

이런 감정과 활동이 일상적으로 이어지던 어느 토요일 아침, 타이는 도시의 명소 하늘 천체관의 한 좌석 밑에 비닐장갑 낀 손을 뻗었다가 팔을 집어 들게 되었다. 처음에는 그것이 바게트라고 생각했다. 전에 곰팡이 핀 브리 치즈, 빈 포도주병과 함께 바게트를 발견한 적이 있었던 것이다. 그다음에는 누가 장난을 하나 싶었다. 서머 소시지나 속을 채운 스타킹, 뭐 그런 것으로. 하지만 그것은 분명 인간의 팔이었다. 몸체와 분리된 팔. 손은 붙어 있었다. 딱딱하고 창백했고 무언가를 움켜쥐려는 듯한 모습이었다. 폐 속의 호흡이 날카로워졌고 눈구멍 속의 눈알이 불거졌고 심장이 두근거렸다. 뭐 뭐 뭐야, 씨발? 비닐장갑을 낀 손에 직접 그 생명 없는 것을 들고 있었음에도 무슨 일인지 이해할 수 없었고, 정상적인 방식으로 사고하기도 힘들었다. 그는 거대하고 둔한 짐승처럼 멀거니 서서 움직이지도, 말하지도, 자신에게 손짓하는 그것에게서 눈길을 거두지도 못했다. 손에 들린 팔은 뻣뻣하고 무거웠고, 그의 팔 역시 뻣뻣하고 무거워지기 시작했다. 꼭 팔다리에 쥐가 나거나 뇌가 몸의 존재를 잊을 때처럼.

그의 머릿속 어딘가, 의식에서 멀리 떨어진 곳에서는 팔을 경찰에 전달하는 방향으로 긴 논의가 이루어졌지만, 어쩐 일인지 타이는 집에 가져갈 물건들을 모아놓는 가방에 그것을 넣게 되었다. 남은 일과는 멍하게 있다가 갑자기 깜짝, 깜짝 놀라곤 하는 이상한 상태로 보냈다. 관객석 앞쪽에 락스를 엎는 바람에 진한 수영장 냄새가 공간을 가득 메워 구역질이 났고, 관자놀이가 고드름으로 찌르는 듯 욱신거렸다.

그날 밤 그는 도시 작업에는 손도 대지 않았다. 동네 아이들이 즐겨 가는 곳으로 갔다가 길 건너편에서 10대 커플을 발견했다. 남자아이와 여자아이, 혹은 자라나는 남자와 여자. 두 사람이 천장부터 바닥까지 전면이 유리로 된 힙스터 카페에 들어가는 사이, 타이는 멈춰 서서 쓰레기를 줍는 척했다. 그러고는 쓰레기통 주변으로 가서 주변을 서성이며 그들을 관찰했다. 어차피 10대 아이들은 자기들끼리 노느라 길 건너편의 남자를 눈치채지 못할 터였다. 그들 눈에 타이는 그저 걸인으로 보일 수도 있었다. 어떤 사람으로 보인다 한들 이상하지 않았다. 그보다 더 투명 인간 같을 수는 없었다.

그는 10대 커플을 지켜보았고, 눈앞에 펼쳐진 광경에 가슴이 아렸했다. 남자아이가 여자아이의 손 위에 자기 손을 올렸다. 여자아이는 자꾸 테이블로 눈을 깔며 미소 지었다. 남자아이가 바지에 손을 닦았다. 한 번, 그리고 두 번. 청춘의 촉촉한 열기. 그들은 아름다웠다. 그들은 치명적이었다.

그의 팔꿈치가 아렸다. 쓰레기통에 기대고 서 있느라 팔이 조금 얼얼했다. 눈물을 참을 때면 으레 그러듯 눈이 따끔거리고, 목구멍에 호두가 박힌 듯했다.

그가 처음이자 마지막으로 여자에게 데이트를 신청해 함께 영화를 보러 갔을 때, 데이트 상대는 영화 상영 도중에 천식 발작을 일으켰다. 구급차가 왔다. 그는 여자가 죽을지도 모른다고 생각했다. 자신의 잘못처럼 느껴졌다. 그 후로 여자에게 단 한 번도 연락하지 않았다. 그는 결론지었다. 감히 다른 포유류처럼 이 세상을 살아낼 수 있다고 생각하다니, 벌을 받아도 싸지.

구겨진 목캔디 껍질—구급요원들이 여자를 들것에 싣는 사이 여자의 주머니에서 떨어졌다—을 펴서 도시의 일부로 삼았다. 두루마리 휴지심으로 만든 고층 건물 꼭대기에 황금색 등

그런 셀로판 조명을 달아주었다. 그러고는 잭 다니엘스를 4분의 3병 정도 마시고 거실 바닥에 누워 잠들었다. 굵고 복슬복슬한 카펫이 그의 귀와 손가락 끝을 간질였다.

밤이 되자 이상한 환영이 나타나 그의 머리를 꽉 쥐어짜는 바람에 위대한 프로젝트를 향한 열정이 뒤틀려 버렸다. 그의 도시는 어떻게 봐도 인공적이기만 할 뿐 유기성이 없었다. 그는 물건과 디자인의 세계에 푹 빠져서 그 사실을 무시하고 있었다. 전부 보기에만 그럴듯했다. 그는 자연을 부여할 시도를 하지 않았다. 작은 나무나 물, 흙, 지렁이, 부패물, 세상을 구성하는 자연적 요소 중 그 어느 것도 없었다. 그는 인공적인 사물과 인위적으로 구축한 환경, 그 환경을 지탱하기 위한 과학에만 집중했다. 이제 잘린 팔은 팔이 아니라 하나의 주장으로서, 유기성과 생물성의 상징으로서 그의 꿈에 등장했다. 팔에는 입이 있었고 그에게 명확하게 이야기했다. *죽음 없이는 삶도 없어. 죽음은 유기적이고 완벽하지.* 그는 한밤중에 일어나 위스키에 락스를 조금 섞었다. 일종의 칵테일인 셈이었다. 입술이 오그라들고 따가웠다. 금세 입안에 붉은 상처가 생겼다. 그는 불붙은 것 같은 목구멍으로 토했고, 바닥에 쓰러졌다.

다음 날 아침, 잠에서 깨자 숙취는 없었고 두개골 한가운데에 다이아몬드가 박힌 듯 시야가 확 트인 기분이었다. 그는 자신이 어떤 잘못을 저질렀는지 또렷하게 이해했다. 테이블 위에 있는 작은 도시도, 부족한 열정도, 살아온 인생도, 전부 문제였다. 밝은 빛이 켜진 듯 명확히 보였다. 그의 평생은 단 한 순간을 위한 전주곡이었으나, 눈을 감는 바람에 아슬아슬하게 그 순간을 놓칠 뻔했다. 사람들은 종종 그러지 않는가. 일상적이고 친숙한 것에 함몰되어, 온 우주가 새로운 세계로 가는 길을 가리키는데도 그것을 놓치곤 한다. 그는 깨달았다. 잠동사니로 이루어낸 피상적인 노력은 힌트에 불과했다는 것을. 우주가 생명을 창조할 수 있는 비결은 바로 *부패*라는 것을. 바로 *부패*에서 모든 항성이 붕괴하고 모든 시스템이 구축되며 모든 논리가 비상하고 추락한다는 것을.

그동안 그는 존재의 행위를 존재 그 자체로 착각했던 것이다.

칙칙해지고 쪼그라드는 팔을 응시했다. 칵테일을 또 한 잔 따라 마셨다. 기침이 끊이지 않았다. 그는 생이 활짝 피어나기 위해 필요한 무한한 죽음을 생각하며 그의 도시로 갔다.

그는 식탁 밑, 새로운 도시 옆에 누웠다. 그러고는 자기 팔을 죽은 팔 옆에 나란히 놓았고, 도시 명소 하늘 천체관의 10대들과 그들의 끓어오르는 열정과 짝짓기를 생각했고, 푸르스름하게 질린 뻣뻣한 팔을 보듬어 안았고, 그것과 그의 팔이 십자가를 이루었고, 그는 세상으로부터 눈을 감고 잠기운이 아닌 연금술을 기다렸다. 분자가 변화하기를, 고체가 다른 형체로 변형되기를, 금속이 금이 되기를, 아니 액체가, 빛의 속도가 되기를.

제2의 언어

Second Language

—

가끔 여자아이는 자신을 이해할 수 있었다. 이 새로운 장소에서, 그는 안팎이 뒤집힌 몸이었다. 더 이상 내부를 담아줄 수 없고, 의미가 줄줄 새어나가는 몸. 자신이 거리에 남긴 핏자국이 일부 행인에게는 분명 불쾌하리라는 것을 인식하며, 여자아이는 얼굴 가장자리를 잘 정리하고 다시 세상으로 나아갔다.

목과 관자놀이에 불뚝 솟은 푸른 혈관은 으스스했고 시베리아의 풍경을 상기했다. '시베리아'라는 말에 딱히 대단한 의미가 없는 곳에서도 그는 자신의 목과 관자놀이의 혈관이 시베리아를 닮았다는 사실에서 위안을 느꼈다. 그 점을 떠올리기만 해도 걷는 자세가 조금 꼿꼿해졌다.

그는 북부의 여자아이였다. 행인 중에는 반감 섞인 얼굴에 카페라테처럼 희멀건 동정심을 띄우고 그를 바라보는 사람도 있었으나, 그에게는 상당히 아퀴가 맞는 일이었다. 그의 어머니와 할머니, 증조할머니는 리투아니아 출신이었고, 거듭되는 겨울을 견뎌내다가 러시아로 팔려 가 흰 땅에서 추위와 가난에 겨워 죽었다. 그러니 광활한 백색 평원과 검푸른 물줄기는 그가 이해할 수 있는 개념이었던 것이다. 긴 비행에 나선 새들, 빙하기도 이겨낸 새들이 땅을 내려다보면 그 풍경이 여자아이의 혈관 같지 않을까? 여자아이는 생각했다. 내 몸은 하늘에서 바라본 땅을 닮은 거야. 하늘을 올려다보았다. 그러고는 고개를 내리고 다시 이 미국의 도시를 부유하는 얼굴들을 바라보았다.

자기 몸의 내부가 밖에서도 보인다는 사실은—그리고 그게 얼마나 기이한지도—희미하게나마 알고 있었다. 하지만 모세혈관과 주렁주렁한 내장이 들여다보인다 한들, 회사원의 멀끔한 정장 뒷주머니 위로 삐죽 튀어나온 지갑보다 추하겠는가?

머리카락과 손톱에 집 대출금과 맞먹을 만한 목돈을 퍼붓는 사람들의 립스틱 떡칠한 입술보다?

여자아이는 위로 고개를 들었다. 회색 하늘, 회색 건물, 바람이 스치는 콘크리트. 적어도 나무는 있었다. 절대 거짓말을 하지 않는 나무가. 그런데 회색 늑대는 대체 어디에 있는 걸까? 그는 알고 싶었다.

혈관이 세상을 향해 펄떡이는 몸을 이끌고 이곳에 왔을 때 받은 업자의 주소로 찾아갔다. 캐나다를 가로질러 처음 이 땅에 도착했을 때 그는 흰색 페인트가 칠해진 아이스크림 트럭을 타고 있었다. 막대 아이스크림 같은 여자아이들을 태운 차가 바늘로 꿰매놓은 듯한 국경을 넘었다. 보아하니 이런 일에 종사하는 사람들은 몸의 안팎이 뒤집힌 여자아이라도 이상하거나 결함 있다고 생각하지 않는 듯했다. 그가 전화했을 때 남자 목소리가 그저 이렇게 물었다.

"적어도 C컵은 되는 거지?"

이 땅에서 여자아이는 아직 쓸모 있는 존재다. 그 질문은 그렇게 들렸다. 그는 자신의 청소년기에 놓인 새로운 베개들 뒤로 마음을 숨겼다.

업자는 고속도로(freeway) 가까이—어떻게 도로(way)가 자유로울(free) 수 있을까?—커튼이 있어야 할 자리에 새까만 비닐이 걸려있고 외벽이 콧물처럼 누런 이층집에 살았다. 현관문을 두드리는 여자아이의 식도와 기도 같은 것들이 비비 꼬이면서 척추뼈가 딱딱 부딪혔다. 문을 열어준 남자는 10대 후반쯤 되는 것 같았다. 여자아이보다 나이가 많아 보였다. 안에는 막대 아이스크림을 닮은 여자아이들이 더 있었는데, 외모를 보면 대부분 열두 살이나 열세 살쯤 된 것 같았다.

그중 하나는 열네 살이라 해도 믿을 것 같았지만 키가 크다고 해서 나이가 많다는 뜻은 아니었다. 어머니가 필요할 정도로 어린 꼬마도 최소 두 명은 있었다. 여자아이는 녹고 있는 아이스크림들을, 자신의 동족을, 하나같이 너무 마르고 너무 창백한 손목에 푸른 물줄기가 불룩하게 솟아있는 그들을 응시했다. 그러나 거실에 있는 TV에서 방출된 이미지와 소리가 파장을 타고 폭탄처럼 그의 감각에 쏟아졌다. 그는 감각을 되찾으려 혀를 꼭 깨물었다.

입안에 고인 좋은 피. 몸을 싣고 가는, 싣고 오는 따뜻함.

나날이 지나고 지났다. 세월이라고 할 수 있을 정도로 많은 나날이.

그는 먹었다.

가장자리

샀다.

그리고 저녁마다, 하루도 빠지지 않고 낯선 주소로 실려 갔다.

찾아간 주소에는 회색으로 늙은 백만장자가, 여자아이의 몸을 살 수 있을 만큼 돈이 많고 여자아이의 숨을 꺾을 수 있을 만큼 위협적인 남자가 있었다.

낮에는 포틀랜드의 꾸며낸 아름다움이 그의 앞으로 펼쳐졌다. 일회용 상자와 플라스틱과 종이와 커피커피커피와 까만 옷과 자전거도로와 작고 우스운 모자들과 먹고 운전하는 인간들과 수천 종류의 감자칩. 마트에 가면 감자칩으로 빼곡한 매대가 몇 줄이나 있었다. 짭짤한 감자칩과 네모 모양 감자칩, 초록파랑노랑빨강 감자칩, 후추 뿌린 감자칩과 식초 뿌린 감자칩과 "bar b q"맛 감자칩, 짭짤한 양념에 빨갛게 물든 감자칩. 수많은 카페 안의 수많은 입에서 쏟아지는 커피와 사방에 널린 맥주맥주맥주와 맥도날드보다 많은 스트립클럽.

여자아이는 이토록 멋진 차림새로 빅 라이터처럼 걸어 다니는 건실한 시민들이 정말 뒤로는 스트립클럽에 드나드는 것인지, 아니면 자기만 그러는지 궁금했다. 그들이 스트립클럽에 가본 적 있다면, 그렇게 그들의 인간성은 영원히 바뀌어버린 것 아닐까? 여자아이의 감정 회로는 옷을 벗을 때마다 뚝, 뚝

끊겼다.

이 포틀랜드라는 곳에는 산지가 있었고, 여자아이는 산이 인간의 삶을 점령할 수 있다는 사실을 기억했다. 그는 산의 이야기를 듣고 싶었으나 그가 갇혀 있는 곳에서는 들리지 않았다.

여자아이는 도시에 존재하는 의욕적인 입과 새로 깎아낸 몸과 광채 나는 사람들의 외피를 보았고, 그들의 지당하신 자전거 모임과 커피숍과 네온사인을 보았고, 강물을 옭아매는 다리의 더듬거리는 말소리를 감각했다. 오줌과 음식 썩는 냄새가 매연과 흙과 축축한 낙엽 냄새와 뒤섞여 코를 찌르는 보도를 걸어갈 때조차, 그는 이 도시를 구성하는 것은 결국 돈과 소비라는 사실을 알 수 있었다. 다들 정말이지 비싸 보였다. 그들은 어떻게 그토록 아무렇지도 않게 *자아*를 장착하는 걸까?

가끔은 걷다가 동물들을 관찰하기도 했다. 서로 다른 울음소리를 내는 어치. 콘크리트를 지나 수풀이 우거진 안식처로 미끄러지는 뱀. 고가도로 밑, 하천이나 배수로 주변에서 불협화음을 맞추는 개구리. 정처 없이 걸어 다니다 보면 자신이 존재하지 않는 듯한 기분이 들었고, 그런 기분은 견딜 만했다. 가끔 걸음을 멈추고 땅에 앉아있으면 옆으로 오래된 맥주병이 굴러오기도 했다. 맥주병에는 쿠어스(Coors)라고 적혀 있었다.

다른 포유류와 대화를 나누는 것도 고려해 보았다. 하지만 자신이 어떤 존재인지 생각하면 목소리가 목구멍에 막혀 밖으로 나오지 못했다. 그는 돈도 가족도 없는 여자아이. 서류에 존재하지 않는 이름. 그가 느낄 수 있는 것은 다리 사이로 난 따뜻한 동굴과 작고 부드럽고 명확한 두 가슴의 부피가 전부였다. 여자아이는 생각했다. 그래, 적어도 내 몸에는 의미가 있지. 값이 있다는 건 의미가 있다는 뜻이잖아?

매일 저녁, 택배 트럭 안의 상자처럼 실려 가서 재활용품처럼 뒤적거려지고 점검된 후 그는 죽었다.

그가 밤마다 가는 곳에는 그의 창자를 꺼내 쭉 펴놓거나 길거리에 끈적끈적한 회색 곡선을 그리도록 퍼질러 놓을 거라는 위협이 있었다. 그의 머릿속이나 갈비뼈 어딘가에 오래된 개념들이—가족, 집 같은—흔적으로 남아 있었지만, 기억은 개념들의 부재를 이겨낼 수 있을 정도로 강하지 못했다. 이곳에서 그의 존재는 그의 몸이 지닌 쓸모와 같은 것이었다. 이곳에서는 죽거나 살거나, 둘 중 하나였다.

다른 밤과 마찬가지로 그날 밤에도 호텔로 들어가는 문은 늙은 남자의 하품하는 입 같은 모습이었다. 무엇이든 반복하면 실재가 된다. 무엇이든 매일 밤 몸속으로 삽입되면 길이 나고

야 만다.

여자아이의 눈이 떨렸고, 갈비뼈는 바람에 흔들리는 종처럼
소리를 냈다. 문을 두드리는 일에는 한 여자아이를 초월하는
힘이 들었다.

그는 다른 아이스크림들이 했던 말을 생각했다. 그래, 피부
가 축 처진 흐물흐물한 늙은이의 입속으로 들어가야 할지라도
일은 일이니까. 여자아이는 그 말을 생존을 위한 만트라로 삼
았다. 그 외에도 만트라는 하나 더 있었다. 절대 절대 절대 '이
민자처럼' 행동하지 말 것. 자신의 정체를 드러내지 말 것. 그
는 생각했다. 언어란 우습구나. 언어는 열렸다가 닫히네. 도로
위에 벌어진 틈새처럼 사람을 잡고 넘어뜨리네. 계속 나아가
거나 죽거나, 둘 중 하나구나.

회색으로 늙은 힘없는 남자—그 저녁의 고객이었다—의 호
텔방 TV에는 교전 지역의 영상이 나오고 있었다. 회색 늙은이
의 다리 사이로 화면 위의 돌무더기와 몸을 웅크리고 굽힌 채
달리는 인간 무리가 보였다.

"빨아."

남자가 말했다. 바람 빠진 풍선 같은 것이 그의 입을 채웠고,
이상한 맛이 났다. 화면에서는 돌무더기와 인간 무리와 CNN

뉴스……. 여자아이는 눈을 감고 빨았다. 남자가 손가락을 넣었다. 늘어진 턱살을 여자아이의 얼굴 가까이 가져가더니 귀에 입을 댔다.

"내가 누군지 알아. 이 바닥에서 *제일 높은* 분이다, 이거야……. 너 아주 꼭 조이네."

그의 입이 미소로 쭈욱 찢어지며, 내려앉은 분홍빛 잇몸이 보였다.

여자아이에게는 몸 말고도 가진 것이 또 하나 있었다. 이야기. 외국어로 된 이야기였지만 어쨌든 이야기였다. 그는 업자의 콘크리트 집으로 돌아오면 항상 그 이야기를 다른 아이스크림들에게 들려주었다. 왜 자신이 그 이야기를 반복하고 있는지는 알 수 없었고, 그저 반복을 멈출 수 없다는 것만 알았다. 그것 말고 가진 것이 있었나? 이야기 말고 또 무슨 힘 있는 것을 가졌나? 여자아이의 내부가 끊임없이 외부로 분출하듯 이야기도 자꾸 밀려왔다. 그러면 아이스크림들은 몸을 기울이고 들었다. 눈을 커다랗게 뜨고 입과 손목을 미래로 열어둔 채 들었다.

오래전 여기서 멀리 떨어진 어느 나라에 둘째가라면 서러운

광장한 과수원을 소유한 황제가 있었어. 그런데 밤마다 불새 한 마리가 날아와 황제가 가장 좋아하는 사과나무에서 황금 사과 몇 알을 훔쳐 가는 거야. 황제는 세 아들을 시켜 불새를 산 채로 포획해 오라고 했지.

첫째와 둘째 아들은 보초를 서다가 잠들고 말았어. 마침내 막내아들 이반이 불새를 발견하고는 꼬리를 꽉 붙잡았는데 불새가 몸부림을 쳐서 이반의 손아귀에서 빠져나왔어. 새빨간 꼬리 깃털 하나만 남기고.

이반은 회색 늑대에게 도움을 얻기로 했어. 이반의 말 한 마리를 죽여서 미안해 하는 늑대가 있었거든. 심지어 늑대조차 인간이 얼마나 불행한지 알고 있다니까. 그렇게 이반은 불새를 포획했을 뿐만 아니라 경이로운 말 한 필과 아름다운 엘레나 공주의 마음을 얻었어.

아버지가 다스리는 황국의 국경에 도착했을 때, 이반과 엘레나는 잠시 걸음을 멈추고 휴식을 취했지. 그런데 그들이 잠든 사이, 실패한 여정에서 귀환 중이던 이반의 형들이 두 사람을 발견하고는 이반을 죽였고 엘레나에게 입을 다물지 않으면 똑같이 죽여주겠다고 협박한 거야. 형제는 엘레나를 범하고 혀를 잘라버리겠다며 으름장을 놓았지.

이반은 30일 동안 죽어 있다가 회색 늑대가 가져온 죽음의 물과 생명의 물을 마시고 살아났어. 엘레나와 이반의 형이 결혼식을 올리기로 한 날 왕궁으로 귀향했지. 황제가 설명을 요구했고, 드러낸 이빨을 부득부득 갈고 있는 늑대의 호위를 받으며 엘레나가 진실을 말했어. 황제는 머리끝까지 화가 나서 첫째와 둘째를 감옥에 가뒀고, 어느 밤 늑대가 그들의 배를 가르고 내장을 꺼내 먹었지. 이반과 아름다운 엘레나 공주는 결혼해 황국을 물려받았고, 영원히 행복하게 살았단다.

아이스크림들은 전부 이야기에 관해 일언반구도 없었다. 하지만 여자아이의 이야기는 일종의 의식이 되어 밤마다 무거운 잠에 빠지기 전 낭송되었다.

시간이 흘렀다. 자신을 구해줄 회색 늑대는 없다는 것을 깨달을 정도로 오랜 시간이.

여자아이는 이야기에 시작과 클라이맥스와 결말이 있다는 것을 알았지만, 자신과 자신처럼 집을 잃은 사람들에게는 그 순서가 뒤죽박죽이라는 것도 알았다. 한때 이야기는 보금자리가 되어주었으나 이제는 토막 나 끝이 너덜너덜했다. 한때 존재하던 영웅과 구원자는 이제 사기꾼과 리얼리티 쇼 스타와 왱왱거리는 소비자로 변했다. 어쩌면 영웅이나 구원자 따위는 애초에 존재하지 않았던 걸지도, 그런 이야기들은 여자아이들의 머릿속에서 동물이 되는 법을 지워내기 위한 속임수일지도 몰랐다.

여자아이 내면의 힘은 일찍이 그의 척추를 늘였던 것처럼 두 눈을 작고 번뜩이게, 턱을 더 단단하게, 조개가 입을 벌리듯 광대뼈를 솟아오르게 만들었다. 심지어 빗장뼈조차 입이 트였으나 이곳의 사람들은 그 목소리를 듣지 못하는 듯싶었다. 그들은 경멸 섞인 시선이나 어깨를 으쓱하는 몸짓으로 반응했다. 그러고는 말했다.

"너 영어 공부 좀 해야겠다."

여자아이는 털로 뒤덮인 회색 늑대들이 이빨을 드러내고 으르렁대면서 적들의 배를 찢어 내장을 쏟아주길 갈망했다.

마지막 밤, 동이 트기 몇 시간 전. 여자아이가 상처 입은 아이스크림들의 집으로 다시 실려 왔다. 그는 죽은 어머니와 죽은 할머니와 죽은 증조할머니가 들려준 이야기를 반복한 후 자신의 입과 젖꼭지를 닦아냈고, 어머니와 할머니와 증조할머니처럼 생명을 낳는 것은 불가능해진 자신의 다리 사이와 엉덩이의 더 작은 기관에서도 피를 닦아냈다. 더러운 샤워부스의 녹슨 배수구 쪽으로 구불구불하고 붉은 물줄기를 흘려보낸 다음, 여자아이 아이스크림이 가득한 집의 창문 밑 마룻바닥에 놓인 형체 잃은 매트리스 위에 몸을 뉘었다. 그때, 콘크리트 동굴에 틈이 벌어졌고—현실에 균열이 생긴 것이다—창문 너머로 키가 훌쩍한 백안의 천사가 그들 위로 빛났다.

이곳 사람들은 그것을 가로등이라고 불렀다. 밤을 지키는 길을 잃은 낙엽들이 그의 머리카락을 스치며 속삭였다. 깡통과 종이가 날아가는 소리는 도시의 자장가였다. 어쩌면 TV에서 하는 말처럼 그곳은 여자아이들이 실종되고 죽는 도시의 음습한 가장자리에 지나지 않을 수도 있었다. 다만 그는 죽음이 동물로 변할 수 있을지, 어쩌면 자신의 손으로 그 변신을 이뤄낼 수 있을지 궁금했다. 종말로서가 아니라 푸르고 흰 펄서로서. 그럴 수는 없는 걸까, 온 밤하늘을 활활 태우고 무너뜨리고 여자아이들에게 가해진 모든 것을 쪼개버릴 수는 없는 걸까? 정신을 놓아버린 회색 늑대가 오래된 이야기로부터, 모국으로부터 달려와서, 회색으로 늙은 성구매자 새끼들의 목과 축 처진 고환을 찢어발길 수는 없는 걸까? 어머니와 그의 어머니와 그의 어머니는 흙으로 돌아갔으나 여전히 살아 숨 쉬며 뜨겁게 타올랐고, 그들의 죽은 뼈에는 전설이 새겨져 있었다. 그렇다면 그런 전설만큼 오래된 영혼의 세계로 갈 수는 없는 걸까? 살아있으나 죽은 여자아이들에게는 아직 비밀스러운 승리와 힘이 남아있지 않던가?

남아있었다. 그는 느낄 수 있었다. 설명할 순 없지만, 이 아이스크림 집에 거하는 힘을 분명히 느낄 수 있었다.

그는 한 치의 고민도 없이 콘크리트 상자의 유리창에 주먹을 날렸다. 팔꿈치로 구멍 주변을 찍어 여자아이들이 빠져나갈 수 있을 만큼 크기를 넓혔다. 팔꿈치에서 난 피가 사방으로 튀었다. 아이에게 모국어로 된 자장가를 불러주는 어머니의 목소리처럼 그들은 조용히 밖으로 나갔다. 아이스크림들이 새카만 밤 속으로 난민처럼 굴러가는 동안—아! 가로등 불빛 아래서 인간 눈송이처럼 빛나는 아이들이 어쩌나 아름답던지!—그는 자신이 해야 할 일을 깨달았다. 회색 늑대들을 소환해야 했다. 회색으로 늙은 미국산 인간-늑대들 말고, 진짜 회색 늑대들을.

그가 깨진 유리 조각을 집어 배를 가르자 마침내 내장은 얻어마땅한 자유를 얻었다. 여자아이다운 알록달록한 빛깔로 미끄러져 바닥에 쏟아졌다. 언제나 누군가는 뒤에 남아 꿈이 실현될 수 있도록 도와야 하는 법이다.

그리고 꿈은 실현되었다. 그제야 진짜 회색 늑대들이 냄새를 맡고—그의 내장 냄새는 동물적이고 감미로웠다—산에서 내려왔다. 하나, 둘, 셋, 넷, 열, 스물. 늑대들이 콘크리트 동굴로 쳐들어가 그릇된 남자들의 목을 찢어냈고 사지를 뜯어냈으며, 늑대들의 이빨과 울음소리는 온 세상의 온 인간에게 널리 알렸다. 산등성이와 빙하에는 아직 언어를 형성하지 못한 무언가가, 완성되지 못한 문장이 있다는 사실을. 사고팔린 동유럽 여자아이들이 영어 말고 배우는 어떤 것이 있다는 사실을. 그들은 다른 여자아이들이 도망칠 수 있도록 자기 배를 가르는 법을 배우고 있었다.

내 말을 유념할 것. 그곳에는 절대 가지 말도록. 절대 그 주변에 얼쩡거리지 말라. 지금은 회색 늑대들이 그 땅을 지키고 있으니까. 내장에서 여자아이들이 자라나고 있으니까. 세상 밖으로 뻗어나갈 정도의 몸과 언어를 길러내고 있으니까.

드러내는 여자

A Woman Signifying

—

요즘에는 전통식 주철 라디에이터를 쓰는 집이 드물다. 다들 그게 위험하다는 사실을 알기 때문이다. 하지만 여자는 오래된 건물에 살았다. 그는 라디에이터의 수직 구조를 응시하며 오래되어 쓸모없어진 것들을 생각했다. 숨을 깊이 들이쉬고 뜨거운 표면 위에 3초 동안 뺨을 접촉했다. 극도로 침착한 몸짓, 하지만 악의적이고 고의적인 행동이었다.

"하나, 둘, 셋."

여자는 날숨마다 하나씩 숫자를 셌다. 하나, 둘, 셋. 가만한 열기가 피부 층층이 도톰한 볼살을 태우고 침투했다.

마침내 이 계획을 떠올렸을 때 여자는 얼마나 뿌듯했던지. 베이컨을 굽다가 손목을 데는 사이 떠오른 생각이었다. 그때 그들은 부엌에 서 있었고, 여자는 아침을 준비하는 중이었는데 그가 말했다.

"오늘 밤에도 야근이니까 기다리지 마."

그러자 여자의 엉덩이가 처졌고, 옆구리 살이 툭 불거졌고, 턱이 접혔다. 여자의 목마른 살들이 퍽퍽한 비스킷처럼 겹쳐졌다.

여자의 인내력은 정말 대단했다! 용감하고, 찬란하고, 꼿꼿했다. 전부터 참을성이 필요할 거라는 사실은 인지하고 있었다. 뜨거운 쇠붙이 앞에 앉아있을 인내력, 그것에 얼굴을 가져갈 인내력, 뺨에 닿는 열기의 속삭임이 점차 강해지는데도 더 가까이 갈 수 있는 인내력. 살이 타는 순간에도 인내력을 발휘해 제대로, 천천히 얼굴을 떼어내야 했다. 얼굴 피부가 반쯤 찢겨 나가 라디에이터에 붙어 덜렁거리면서 자신을 바라보고 있는 건 원치 않았으니까. 여자는 절제된 몸짓을, 특정한 결과를 원했다. 오직 상처를, 완벽한 상처를 원했다. 여자는 자신의 계획에 전적인 자신감이 있었다. 그런 일은 여자의 인생에 비하면 고통이라고 하기도 우스웠으니, 왜 못 참겠는가? 딱 3초면 되는데.

여자는 뺨의 피부를 벗겨내며 찡그렸다. 아니 미소 지었다. 타버린 달콤한 살 냄새가 콧구멍을 간질였다. 눈물이 차올랐고, 눈동자가 그 속을 헤엄쳤다. 시야가 깨끗해졌을 때는 자리에서 일어나 비틀거리면서 거실에서 부엌으로 걸어갔다. 살갗이 비명을 질렀다.

여자가 맨 처음 한 일은 유리잔에 보드카를 따른 것이었다. 우유를 따라 마시는 게 더 어울릴 커다란 잔이었다. 여자는 마시고 또 마셨다. 목구멍과 가슴 속의 열기가 오른뺨 위에서 이글거리는 불꽃과 맞먹을 때까지, 이제 오른쪽 얼굴을 점령해 콧구멍을 벌름거리고 입술을 떨고 눈을 감게 하는 불꽃과 맞먹을 때까지 마셨다. 보드카가 몸 한가운데를 타고 흘렀다. 한 줄기 고압 전류처럼 찌르르.

여자는 지겨운 점심 약속 중에 여자 친구들이 했던 말들을 생각했다. 위로, 충고, 꾸중을. 왜 이래, 좀 진지해져라, 정신 차려. 정말 남편이 싫은 건 아니지, 정말 싫어? 철 좀 들어라! 분별력, 자제력이 있어야지. 다이어트를 하면 어떨까, 허브랑 두

부 다이어트. 기분 좋아질걸. 머리 스타일을 바꿔봐. 향수를. 구두를. 의미 있는 일을 찾아봐. 섹스가 전부는 아니야, 우스운 소리 그만하렴. 너 집착이 있네. 피해자인 척하지 마. 넌 그냥 게으른 거야. 내 인생이 너만 같아도 얼마나 좋을까!

아니면, 이런 말. 애, 너 한번 화끈하게 즐겨야겠다.

가짜 손톱을 붙이고 다리 사이에 베이비파우더를 바른 채 리넨이 깔린 테이블에 앉아 식초 뿌린 치킨 샐러드를 주문해 립스틱이 번지지 않게 씹으려고 기를 쓰는 여자들에게, 여자의 운명은 계속 나아가거나 죽거나, 둘 중 하나라는 걸 어떻게 이해시키지?

여자는 술잔을 들고 거실을 걸어 다녔다. 생기가 넘쳤다. 살아있음을 느꼈다. TV를 향해, 소파를 향해, 거실에 있는 여러 물체를 향해 건배하듯 술잔을 내밀었다. 여자의 비명은 그 모든 것을 겨냥했고 그 어느 것도 겨냥하지 않았다.

"내가 가만히 있을 거라고 생각하는 거야!"

여자는 램프를 마주하고 외쳤다.

"씹새끼! 좆같은 씹새끼!"

여자는 카펫 이쪽저쪽으로 느릿느릿 걸었다.

"싫어! 네가 싫다고! 내 인생의 반을 너한테 쏟아부었는데, 씨발 개 같은 새끼가!"

보드카 잔을 거세게 입에 가져다 댄 탓에 치아에 부딪혀 쨍 소리가 났다. 여자의 분노가 자라고 자라 맞수가 될 만한 것은 여자의 욕구밖에 없다면, 대체 어떤 조언이 쓸모가 있겠는가? 수치와 침묵으로 공간이 팽창했다.

뺨의 상처가 시큰거렸고, 그 통각이 번개처럼 두개골을 관통했다. 오른쪽 눈을 뜰 수 없었다. 눈꺼풀이 부어올라 그런 것으로 짐작했을 뿐, 이유가 무엇인지 정확히 알 수 없었다. 화장실로 가서 얼굴을 확인했다. 화장실까지 가는 길에 이 모든 게 조금 역겹다는 걸, 이것은 듣는 사람을 뒤로 물러나게 만드는 이야기라는 사실을 깨달았다. *사람이 많을 때는 말하지 말 것. 가까이서 말하는 것도 금물.*

"이건 비밀로 해야겠지?"

여자는 화장실 문에 대고 속삭였다.

"하지만 비밀이 쌓이고 쌓여서 이 지경이 됐는데."

그러고는 문을 열고 자기 얼굴을 바라보았다.

정말 아름답구나. 여자는 생각했다. 상처 바깥쪽이 짙은 붉은색으로 쭈글쭈글했다. 짓이겨진 양쪽 입꼬리가 보랏빛으로 부풀었다. 그 중앙에는 바다 거품처럼 길고 노란 물집이 잡혀

있었다. 굉장한 상처였다. 정밀하게 계획하고, 세심하게 집행
된 상처. 꽤 완벽했다.

남자가 집에 도착할 때쯤 여자는 이미 외출하고 없을 것이
다. 남자가 집에 도착할 때쯤 여자는 눈에 검은색 아이라인을
칠하고 파란색 속눈썹을 붙인 후일 것이다. 남자가 집에 도착
할 때쯤 여자는 블러셔를 칠하고 코카콜라 캔처럼 빨간 립스
틱을 바른 후일 것이다. 푸시업 브라와 보정 속옷을 입은 후일
것이다. 남자가 집에 도착할 때쯤 여자는 오랫동안 화장 도구
를 응시하다가 금가루 같은 새도를 집어 든 후 상처 주위에 그
보석 같은 것을 발라 반짝이는 빛으로 감싼 후일 것이다. 남자
가 집에 도착할 때쯤 여자는 얼굴에 세상에서 가장 완벽한 상
처를 드러내고 바에 앉아있을 것이다. 그 모든 것의 상징, 여자
의 얼굴은 그 모든 것을 드러내는 단어.

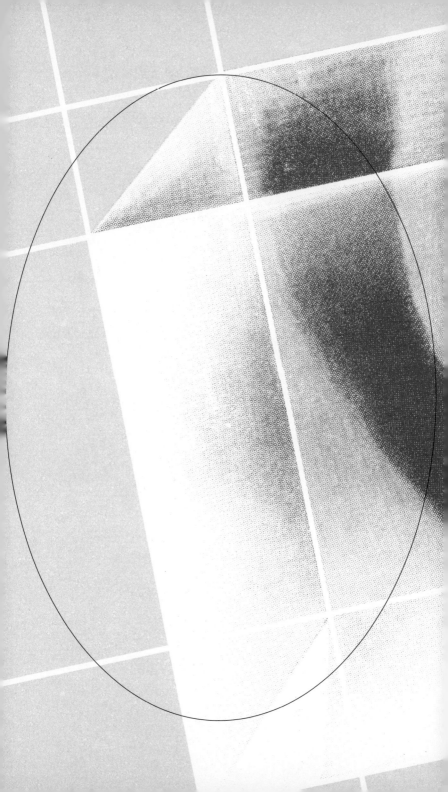

열한 번째 계명

The Eleventh Commandment

—

오늘까지도 나는 그 여자애가 왜 나랑 놀아줬는지 도통 모르겠다. 나는 찌질한 애였다. 병약하고, 창백하고, 코까지 후비는 애. 흉측한 교정기를 달고 있는 애. 머리카락이 미친 듯이 뒤엉켜 뻗친 애. 궁극의 못생김. 상상할 수 있을 것이다. 나는 쉬는 시간마다 혼자 콘크리트 터널에 숨어 있었고, 6학년 사회 시간에 바지에 오줌을 쌌다. 정말이다. 6학년 때까지 오줌을 쌌다. 그때쯤에는 이미 신경증이 여러 개 있었다. 마흔여덟 살 먹은 중년 남자가 겪을 법한 스트레스를 받으며 살았다. 이해되려나? 이해할 수 있을 것이다. 누구든 나 같은 아이를 한 명쯤은 알고 있을 테니.

처음 그 여자애를 만났던 건 그 애가 내가 있던 터널로 와서 아무 말 없이 옆에 앉았을 때였다. 쉬는 시간 내내 그렇게 묵묵히 앉아만 있었다. 나 역시 한마디도 하지 않았다. 나는 겁이 났지만 이상하게 고마운 마음도 들었다. 그 애는 내게 눈길 한 번 던지지 않았다.

그러고는 다음 날에도 또 내 옆에 앉았다. 45분의 쉬는 시간이 끝나갈 무렵에야 마침내 입을 열고 했던 말은 이게 전부였다.

"크리스 백스트롬은 고추에 털이 났더라."

그때 종이 울려 그 애는 달음질쳐 나갔고, 나는 조금 더 머물며 그 말을 곱씹었다. 크리스 백스트롬은 금발이었으니, 나는 그의 성기 주변에 곱슬곱슬하게 자라는 금색 털을 그려보았다. 몸서리가 쳐졌고 욕지기가 치밀었다. 머리가 쪼개질 듯 아프기 시작했다. 코피가 나는 느낌이 들어 자꾸만 코밑을 만져봐야 했다. 교실에 도착했을 때쯤에는 고통에 기절할 정도여서 선생님들이 나를 보건실로 보냈다. 시간이 흐르자 어머니가 데리러 왔고 나는 집에 갔다. 어머니는 몹시 화를 냈다.

일주일쯤 흘렀을 때, 그 여자애는 또 내 옆에 와서 앉더니 무언가를 보여주겠다고 했다. 아주 중요한 거라고, 지금 이 기회를 놓치면 수백만 년을 기다려도 소용없을 거라고 했다. 그러고는 정말 보고 싶냐고 물었다. 내 입에 침이 고였고 손바닥에 땀이 났다. 콧구멍을 후비고 싶은 욕구가 통제할 수 없을 정도였다. 곧 오줌도 싸고 싶어졌다. 나는 가늘게 떨리는 목소리로 보고 싶다고 했다. 눈이 사시가 되어버릴 것만 같아 잠시 두려웠다.

여자애는 치마를 올리고 팬티를 내렸다. 콘크리트 터널 안이 그 냄새로 차올랐다. 좋으면서도 두려워지는 냄새, 입안에 맛이 느껴질 듯한 냄새였다.

돌이켜보면, 그날 그 애는 나를 구해줬다.

여자애의 성기에 붉은 털이 보송하게 돋아 있었다. 그 애가 말했다. "봐, 이런 건 정말 흔치 않아." 여자애는 내 손을 잡아다가 같이 자신을 쓰다듬었다.

시간이 흘렀고 그 애는 나를 데리고 터널 밖으로 나왔다. 우리는 골대 뒤 운동장 가장자리로 돌아가고 있었다. 남자애들 몇몇이 축구를 하고 있었는데, 거기서 돌처럼 단단한 축구공이 날아와 내 머리를 맞추었고 나는 고꾸라지고 말았다. 내 얼굴은 인간의 얼굴이 이렇게 빨간색일 수 있을까 의아할 정도로 새빨개졌다. 머리통이 푹 익은 과일처럼 퍽 터질 것 같았다. 나는 내 머리가 운동장 한가운데서 폭발하는 광경을 상상했다. 모든 사람이 깔깔 웃다가 돌연 입을 다물고 충격에 휩싸여 눈앞에 펼쳐진 죽음을 직시할 것이다. 발밑에 조각조각 찢어진 남자아이의 바보 같은 머리통을 보게 될 것이다.

남자아이들이 우리 쪽으로 다가오자 나는 또 다른 방식의 죽음을 상상했다. 두들겨 맞아 가루가 되어 사라지거나 운동장에서 축구 선수들에게 뜯어 먹혀 죽는 죽음을 상상했다. 먹잇감, 나는 먹잇감이 된 듯했다. 너무나도 창백한 먹잇감.

초등학교 내내 그랬던 것처럼 남자아이들이 나를 약 올리기 시작했다. 여자애를 무시하면서 내 주위로 단단한 원을 만들어 좁혀들었고, 나는 폐에서 산소가 다 빠져나간 듯한 기분이었다. 그 무리의 대장 격인 아이가 가까이 다가와 나를 내려다보았다. 그 아이의 가슴이 잔뜩 부풀면서 입이 벌어졌다 닫히기를 반복했고, 이빨이 접근하며 고성과 함께 침방울이 튀었고, 뜨거운 입김이 내 피부를 그슬렸다. 마침내 그의 손이 뒤로 젖혀지며 그의 몸이 야수 같은 힘을 싣고 나를 향해 움직이기 시작했다.

그런데 그 여자애가 눈 깜짝할 사이에 우리 사이로 파고들어 세상이 뒤집히는 것을 막았다. 여자애가 말했다.

"너 열한 번째 계명이 뭔지 알지. 설마 몰라?"

남자애는 여자애를 옆으로 밀어내려 했으나 여자애는 다시 어깨를 밀치며 파고들었다. 여자애는 남자애보다 키가 컸다. 그 나이 때는 그런 일이 흔하다.

"열한 번째 계명은"이라며 그 애가 이야기를 이었다. "어떤 사람이 어떤 토분에서 발견한 비밀의 책에 나와. 그게 진짜 성경인데, 사람들은 거기서 몇몇 이야기들을 비밀에 부치기로 했어. 왜냐하면 그 이야기들은 너무 무섭고 어려워서 사람들 대부분이 이해하지 못했거든. 이해하려면 지능도 있어야 하고 상상력도 있어야 하는데, 대부분은 둘 다 갖추기는커녕 그중 하나도 없는 형편이니까. 너희 돌대가리들처럼."

그 애의 이야기가 몹시 놀라웠기에 축구 선수들은 마지막에 덧붙인 모욕적인 말은 지나치기로 했다.

여자애는 이야기를 계속했다.

"그 비밀의 책에는 십계명 말고도 십일계명이 있어. 그리고 열한 번째 계명은 앞의 십계명보다 더 중대하고 심각해. 그걸 어기면 무슨 일이 일어날지도 명시하고 있으니까."

옆쪽에 있던 어떤 남자아이가 외쳤다.

"구라 치고 있네. 성경은 하나밖에 없다고. 닥쳐, 이 멍청한 년아!"

여자애는 이야기를 계속하며 그쪽으로 다가갔고, 곧 여자애가 뿜어낸 낱말과 호흡이 빽빽대는 남자애의 얼굴에 닿을 정도로 간격이 좁아졌다.

"이 꼴통아, 네가 비밀 성경을 모르는 이유는 네가 그걸 이해할 수 있을 정도로 똑똑하다고 생각한 사람이 아무도 없었기 때문이야. 아무한테나 알려주는 게 아니란 말이야. 너 자신을 증명해야 해. 네게 그걸 알 만한 가치가 있다고, 네가 그걸 이해할 수 있을 정도로 성숙하다고 증명해야 한다고. 하지만 네 놈들이 워낙 멍청해서 절대 그럴 날은 안 올 것 같으니까, 그냥 내가 말해줄게. 아마 나중에 써먹을 일이 있을 거야."

이런 여자애들은 어떻게 다른 사람을 휘어잡는 힘을 얻는 걸까. 나는 모르겠다. 그 여자애의 어떤 점이 그렇게 강렬했을까. 그 애는 인기 많은 여자애들처럼 예쁘지도 않았고 그렇다고 운동에 재능이 있는 것도 아니었다. 그 대신 내면에 작은 광기의 조각을 지니고 있어, 사람들은 그것에 두려움을 느끼는 동시에 이목을 집중할 수밖에 없었다. 모든 혼란에는 그런 힘이 있으니까.

다른 꼴통 중 하나가 외쳤다.

"그래, 그러는 너는 대체 어디서 그 이야기를 들었는데?"

"메리 셸리가 꿈에 나와서 알려줬지."

여자애가 차분하게 말했다.

"그건 또 누구야?"

질문했던 아이가 재차 물었다.

여자애는 깊게 심호흡하고 말했다.

"메리 셸리를 몰라, 이 대가리에 똥만 찬 놈아.《프랑켄슈타인》이라는, 세상에서 가장 위대한 책을 쓴 작가잖아. 너희 중에 책 좀 읽는 놈이 하나라도 있었으면 그쯤은 알았을 텐데."

그 애는 다시 내가 있는 쪽으로 걸어왔다. 나는 공포의 구렁텅이에 발이 묶여 산소도 중력도 없는 어지러움 속에 서 있었다. 때려도 기꺼이 맞겠다며 이미 마음속으로는 몸을 내주고 굴복한 뒤였다. 그런데 여자애가 내 옆에 서서 열한 번째 계명에 얽힌 이야기를 시작했다.

"옛날에 나병 환자가 살았는데, 그 남자는 예수님이랑 친구였어. 다른 사람들은 나환자가 징그럽고 더럽다고 싫어했지. 그 남자의 피부는 칙칙한 잿빛에 고름이 가득했고, 상처들이 막

벌어져서 난리였거든. 알고 보면 좋은 사람이었는데 아무도 가까이 와주지를 않았어. 그들 대부분은 무식했으니까. 그 사람 피부가 역겨운 건데 그 사람 자체가 역겨운 거라고 착각하고 위험한 사람이다, 비정상에 사악한 사람이다, 이렇게 판단해버린 거지. 하지만 예수님은 똑똑하니까 그 남자를 진짜 좋아했어. 심지어 그의 병든 피부가 흥미롭다고 생각했고. 그러니까, 그는 고통 덕분에 하나님과 더 가까워진 거야. 예수님은 그와 체스도 두고 술도 마시고 흥미진진하고 철학적인 대화도 나눠서 그가 찐이라는 걸 알았지. 그냥 아무것도 모르는 동네 꼴통들만 그를 싫어했던 거야.

어느 날 어떤 꼬마가 나환자의 집 앞을 지나다가 창문으로 안을 들여다봤는데, 그 남자랑 예수님이 섹스를 하고 있었어." (이 대목에서 남자애들 무리는 못 믿겠다며 여자애에게 욕설을 퍼부었다.) 여자애는 이야기를 계속했다.

"알아, 마을 사람들도 멍청한 너희들이랑 똑같이 반응했거든. 하지만 예수님과 나환자는 잤어, 그건 사실이야. 마을 사람들은, 너희 꼴통들이랑 똑같아서, 예수님이 나병 악마에 씌었다고, 나병 악마의 요술 같은 것에 사로잡혔다고 생각하고 구해주러 갔지.

워낙 멍청한 인간들이라 계획도 멍청하게 세웠어. 남자가 잠들면 집에 불을 질러 산 채로 같이 태워 버리기로 했지. 하지만 당연하게도 예수님 역시 남자의 침대에서 같이 자고 있었거든. 그래서 그 멍청이들은 두 사람 다 태워 죽이고 말았지.

그래, 하나님은 머리끝까지 화가 났어. 상상이 되지. 다음 날 아침 하나님은 번개로 하늘을 탁 쪼개고 태양의 눈을 감겨버린 다음 새로운 계명이 적힌 석판을 땅으로 던졌지. 석판에는 이렇게 적혀 있었어. 불가사의한 것을 바라본다면 여생 동안 질병에 시달리게 될 것이다.

마을 사람들이 그것을 읽는 순간 자지가 까맣게 변하고 살이 염산을 부은 듯 고통스럽게 오그라들었어. 일주일 정도 지난 후에는 고추가 완전히 떨어져 나갔지. 불가사의한 일을 보고도 그 의미를 고민하지 않고 묵살해 버리는 사람들, 자신이 존나 엄청난 기적을 보고 있다는 것을 깨닫지 못하는 사람들은 이렇게 되는 거라고."

이것은 우리가 그때까지 들어 본 것 중 가장 이상한 이야기였다. 우리는 '불가사의'라는 말이 무슨 뜻인지 모르는데 그 애는 알았기 때문에 이상했고, 이 키 큰 여자애가 이야기하는 동안 우리의 작은 자지가 딱딱해졌기 때문에 이상했다. 그때는 누군가를 두들겨 패고 싶으면 호모라고 부르며 놀렸기 때문에 호모에 관한 거라면 무엇이든 질색하던 시절이었으나 우리 중 절반은 이미 그 깡패들이 싫어하던 호모가 되었거나 되는 중이었기 때문에 이상했다. 집처럼 아늑한 몸.

남자애들은 여자애를 괴롭히거나 나를 두들겨 팰 수도 있었고, 다른 수많은 방식으로 자신의 가학적인 성향을 탐험할 수도 있었다. 그러나 이야기가 끝나갈 때쯤에는 왜인지 아이들 무리가 반으로 나뉘며 운동장 끝으로 이어지는 작은 길이 생겼고, 여자애는 그 길을 따라 걸었으며, 그 뒤를 따라가던 나는 어떤 예감에 사로잡혔다. 로마인들이 몸을 돌려 우리를 쫓아오기 시작하면 바로 그 순간, 잔잔하던 파도가 온 바다를 끌고 와 그들을 집어삼킬 거라는 예감. 아니면 그저 그들의 무지가 그들을 질식시키고 휩쓸어 넬지도 모르겠다는 예감.

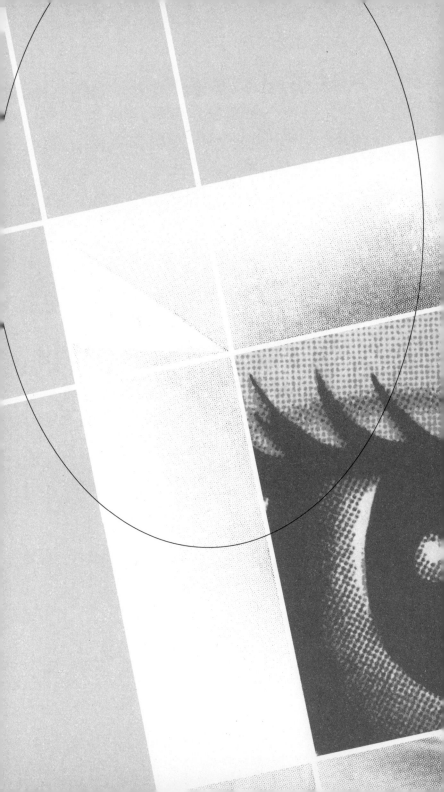

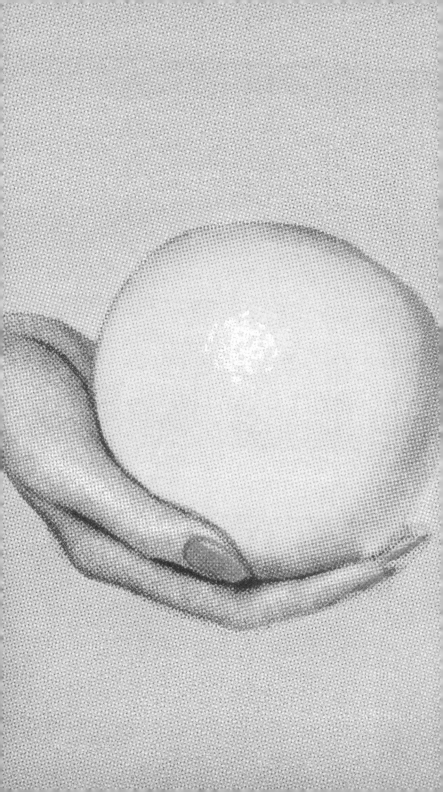

드라이브스루

Drive Through

—

    당신은 차 안에 있다. 당신의 빨간색 도요타 코롤라 안에. 배기가스가 앞에서, 뒤에서 콧노래를 흥얼거린다. 글씨가 적힌 거대한 상자들에서 작은 목소리들이 끽끽거린다. 운전자들은 주머니를 뒤져 돈을 준비한다. 당신이 앉아있는 차 속 깊은 곳까지 햇빛이 스며든다. 줄지어 선 자동차 행렬 위로 저녁이 드리운다. 이곳은 맥도날드 드라이브스루.

    저 멀리 작은 남자의 형상이 보인다. 그는 룸미러 위에, 정확히는 '사물이 보이는 것보다 더 가까이 있습니다'라는 문장 바로 위에 있다. 그가 움직인다. 자동차마다 창문마다 다니며 기웃거리고 노크한다. 그가 접근하자 잔뜩 긴장하는 운전자들의 얼굴이 룸미러 위에 보인다. 그들은 그가 두렵다. 그가 오기도 전에 이미 얼굴을 찡그리고 어깨를 움츠리고 차문을 잠그고 합성섬유를 씌운 좌석 위로 엉덩이를 들썩거리며 그와 눈을 마주치지 않으려 애쓴다. 무엇이든 바라볼 것이다, 이쪽으로 다가오는 저 남자만 아니라면. 저 덥수룩한 수염, 부스스하게 엉킨 머리, 다소 불량한 위생 상태, 분명 일주일은 입었을 듯 구깃구깃한 옷. 백인 남자. 나이는 서른다섯, 어쩌면 마흔다섯.

첫 번째 창구에 있는 흑인 청년 앞에 도착하자 크디큰 위안이 파도처럼 밀려들어 등허리를 식혀준다. 우라질, 이제 무사하다. 그리고 천사가 당신의 돈을 받아주러 왔다. 이제 당신이 앉은 운전석 창문 옆에는 더러운 백인 남자가 구걸하러 올 만한 자리가 없다. 수호천사가 있는 창구와 안전한 자동차 사이, 여차하면 창문을 올려버리려고 버튼 위에서 대기하는 손가락 사이에는 남자가 비집고 들어올 만한 공간이 없다.

청년이 당신이 내민 돈을 받고 거스름돈을 건넨 다음 어떤 소스를 먹고 싶은지 묻고 황금색 아치가 그려진 작고 예쁜 봉투를 건네자 기쁨이 온몸을 채운다. 세상에, 천국이야, 꼭 천국에 있는 듯하구나. 아까는 오줌이 마려웠고 길게 늘어선 자동차들이 견딜 수 없었지만 이제는, 이제는 본질부터 간단하고 훌륭하고 뜻 깊은 거래를 성사한 것에 흡족하다. 천천히 다음 창구로 이동하는 당신을 향해 청년은 미소를 머금은 채 손을 흔들고, 당신은 청년의 시급 같은 건 생각조차 해보지 않는다. 당신은 자유로운 인간이니 그걸로 족하고, 이제 두 번째 창구로 나아간다.

분명 그는 당신 뒤로 늘어선 행렬 어딘가에 있을 것이다. 분명 시간이 지체될 일이 생길 것이다. 누군가가 창문을 열지 않으려 하면 그는 반복해서 노크할 테고, 그가 전면 유리 앞으로 불쑥 등장하면 누군가는 계속 시선을 피할 테니, 그는 포기하며 앞으로, 뒤로, 저 멀리 사라질 것이다. 당신은 위험을 무릅쓰고 흘깃 룸미러를 바라본다. 아무것도 아무것도 아무것도 없다. 예상 밖의 행운이다.

당신의 자동차는 마법처럼 두 번째 창구로 미끄러진다. 활짝 열리는 창구, 선연한 두 손, 불룩하게 음식이 담긴 흰색 봉투, 좋은 기름—전부 식물성 기름이다—냄새, 튀김 요리. 이제 집에서 기다리는 당신의 가족에게 가면 된다. 자동차에는 연료가 가득하다. 음식값은 이미 지불했다.

얼굴에 여드름이 오돌토돌하고 교정기에 헤드폰까지 장착한 여자아이가 봉투를 건넨다. 당신이 창문을 통해 보는 것은 솟아나는 자본주의와 젊음이다. 아마 이것은 여자아이의 첫 여름방학 아르바이트일 테고, 아이는 처음으로 책임감과 저축하는 법과 자신을 돌보는 법을 배우는 중이겠지. 그래, 대학 입학을 앞둔 여름일 거야, 잘 배우고 있구나. 대학에 가면 훌륭한 학생이 될 거야, 학교 공부도 굉장히 잘하겠지. 열심히 배우겠지. 졸업하면 아주 똑똑한 일꾼으로서 회사에 들어가게 될 거야. 그때 조수석 창문 너머로 웅얼거리는 소리가 들린다.

참 이상하지, 어떻게 그새 잊어 버렸을까? 당신의 머리는 멍청한 반사작용으로 빙글빙글 돌아 옆을 향한다. 그 남자를 확인하고, 그의 엉망인 치아와 가죽처럼 얇은 피부와 구슬처럼 혼탁한 눈동자가 창문을 가득 채운 모습을, 클로즈업된 듯 커다랗고 무시무시한 광경을 직면한다. 그의 끔찍한 입이 열렸다 닫히기를 반복한다. 그가 당신을 향해 무어라 말한다. 당신에게 말을 걸고 있고, 그의 소거된 목소리가 유리 보호막을 뚫고 새어들고, 이제 그는 소리를 지르고, 당신은 사활이 걸린 듯 당신의 가방을 움켜쥐고, 기어를 드라이브로 바꾼다. 그의 손가락이 당신의 세상 속으로 침범하려 한다. 당신은 뱀이 된 듯한 기분이다. 척추와 신경밖에 없는 뱀.

그때 낯선 형체가 보인다. 앞 유리 너머로 유니폼 차림의 남자가 등장한다. 세상에, 맥도날드 유니폼과 모자 차림에 매니저 배지까지 달고 있는 어른스러운 남자가 당신의 자동차를 향해 달려오며 팔을 휘두르고 소리치고 있다. 당신은 아슬아슬하게 사고를 피한 것처럼 한 손으로 운전대를, 다른 손으로 음식이 가득 담긴 무겁고 불룩한 흰색 봉투를 움켜쥔다. 당신의 눈동자는 얼어버린 사슴 같고, 몸은 뻣뻣하게 굳었으며, 젖꼭지가 돌처럼 단단하다. 입이 바짝 마르고 경계심은 가능한 한 최대로 증폭된다.

매니저는 더러운 몰골의 백인 거지 남자에게 소리친다. 당신 이제 가! 이제 가라고! 여기서 꺼지라니까! 똥 같은 새끼! 씨발! 꺼져! 노에 짓 하지 마! 당신은 그의 잘못된 단어 선택에도 당황하지 않는다. 당신은 그의 편이다. 그와 함께한다. 그에게 감사한다. 당신과 그는 한 몸이다. 둘은 동맹이고, 서로를 지원하며, 세상을 더 나은 곳으로 바꾸는 중이다. 두 사람을 통해 미국의 이상이 현실이 되며, 둘은 서로를 지지한다. 당신은 맥도날드를 다녀간 2천억 명의 고객이다.

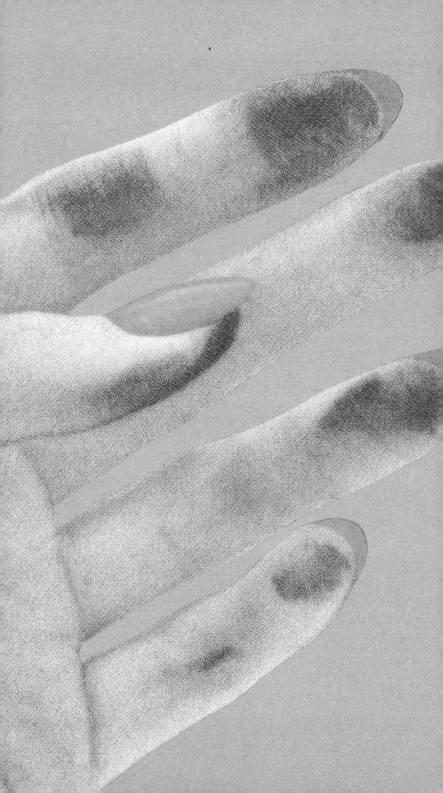

여자아이와 여자 사이

Cusp

—

"여자아이가 갈 곳은 없다. 출구는 성매매뿐이지만, 그 길은 폭력적인 삼촌이나 미친 아버지만큼 빠른 속도로 여자아이를 죽일 것이다." —도로시 앨리슨

침대에서 내 살 내음이 난다. 몸을 옆으로 굴려 배를 깔고 엎드리면 척추를 따라 맺혔던 땀이 식는다. 열기와 목재로 둘러

싸인 이곳에서 눈을 감으면, 나는 한낮의 햇볕에 익어가는 짐승이 된다. 눈꺼풀이 무겁고 사고는 느릿느릿 둔해진다. 나는 어두워지기를, 해방되기를, 호흡이 내게 생명을 불어넣기를 기다리고 있다. 이 공간과 이 공간에 있는 모든 것이 내 진실을 드러낸다. 나는 야행성의 짐승.

다락방 창틀을 배경으로 이 동네의 안팎을 상상하곤 한다. 먼지와 덤불에서 솟아오른 열기, 비가 내리기를 바라는 무료한 마음, 멍청하고 고집스럽게 쿵쾅대는 심장. 다락방 너머에서 세상은 어린아이의 주먹처럼 팽창하고 수축해왔다. 그렇게 여러 해가 흘렀다. 한때는 대체 이런 곳에서 이런 삶을 살고 싶어 할 사람들이 누가 있을지 의아했다. 그 어느 서사에서도 중심을 차지하지 못할, 저녁 뉴스에도 절대 나올 일 없는, 세상의 변두리로 밀려난 퍽퍽하고 건조한 동네와 그 동네를 가득 메운 진화도 설계도 없이 빚어진 인간들. 텍사코 주유소 정문 너머, 검은색과 빨간색으로 칠한 표지판이 보인다. '텍사스, 미국'이라고 적혀 있다. 도시 이름은 없다. 필요 없다는 건가. 자동차 번호판만 한 쇠붙이 위에 적힌 건 그게 전부다. 뇌에 기름 좀 넣으려고 주유소에 들렀다가 주유기 옆에서 돼진 것처럼.

아래층에 있는 방을 두고 다락방으로 이사했던 날이 생각난다. 원래 다락방은 오빠 방이었다. 오빠는 대학에 입학하고 나는 사춘기를 맞이하며 두 개의 자라나는 움직임이 전류처럼 지직 지직 서로를 밀어냈다. 흰색 커튼이 달린 공주 침대에서 자던 여자아이는 그날 죽었다. 내가 그곳으로 돌아가지 않았으니까. 오빠가 쓰던 다락방으로 이사했던 날, 나는 나무 벽에 에워싸이는 듯한, 내게 두 번째 몸이 있어 그것이 나를 안아주는 듯한 느낌에 사로잡혔다. 벽의 나뭇결은 나를 위로해주는 어둡고 따뜻한 살갗으로 보였다.

침대 밑에는 오빠의 인생이 남긴 유물들이 있었다. 빈 병과 유리 조각, 쓰레기, 호일, 사용한 콘돔과 티슈, 작은 유리병, 수술용 튜브. 주삿바늘을 찾은 것은 그로부터 1년 후였지만, 몰라서 그런 건 아니었다. 내가 열 살쯤 됐을 때 오빠는 내가 좋아할 것을 알고 자신의 세계를 보여줬었다.

나는 오빠가 허락한 만큼 다락방에 머물며 매 순간을 즐겼고, 오빠를 동경했고, 어두운 방과 깨져버린 규칙, 참을 수 없이 뻑뻑한 침묵, 명명할 수 없는 냄새, 어지럽게 팽창하며 땀 흘리는 피부의 감각을 동경했다. 어쨌든 결국에는 모든 것을 찾아냈다. 벽 판자 한 개가 헐거워 뜯어냈더니 오빠가 숨겨놓은 것들이 있었다. 어디에 쓰는 물건인지 알 듯 말 듯 했다. 어쩌면 그 모든 걸 찾아서는 안 되는 거였을까? 섹스 후의 냄새가 어떤 건지 알아서는 안 되는 거였을까? 내 몸이 멀리 실려 가도록 놔둬서는 안 되는 거였을까? 내 가치를 증명해서는, 그 방의 무게를 짊어져서는 안 되는 거였을까?

열네 번째 생일날 나는 오빠로부터 잭 다니엘스 한 병을 받았다. 오빠는 여름방학을 맞아 집에 와 있던 참이었다. 사위에 어둠이 깔리자 비밀스럽게 그것을 꺼냈고, 우리의 삶을 이어주는 다락방 창문에 나란히 앉아 술을 마시다 보니 시야가 흐려지고 얼굴이 부어오르고 집중력이 흩어졌다. 자정이 지난 어느 시점에는 둘 다 열이 올라 옷을 반쯤은 벗어던졌다. 열기는 그런 효과를 발휘하는 법이다. 열기 속에서는 몸이 몸을 감당하려고 뱀 허물처럼 옷을 벗게 된다. 오빠는 위스키를 얼굴에 가져다 대고 들이키더니 한 모금 머금은 채 눈을 감았다. 오빠가 말했다.

"거의 다 지었다던데, 맞지?"

"진짜?"

내가 창문을 향해, 미래를 향해, 공사판이 벌어진 어둠 속을 향해 손가락을 뻗으며 말했다. 그것은 교도소, 혹은 교도소라는 구상, 우리를 숨 막히게 하는 이 동네에 등장한 호기심과 위험의 공간이었다.

"응. 아마 이 동네도 달라지겠지."

"내 한심한 인생에선 이게 제일 대단한 사건이라니까."

오빠는 나를 바라보았고, 아마 건배하자고 했던 것 같다. 그러고는 말했다.

"곧 떠날 수 있어. 두고 봐. 떠난 후엔 새로운 세상, 새로운 인생이 펼쳐질 테니까."

"못 떠나면?"

오빠가 웃고 또 웃었다.

"네가? 넌 태어나는 순간부터 떠날 운명이었어. 아마 하버드 같은 잘나가는 학교에 들어가겠지. 머리가 좋잖아."

"머리는 오빠가 좋지, 뭐. 그래서 좋은 학교 들어간 거고."

오빠는 코웃음을 치더니 잔에 남은 술을 입안에 털어 넣었다.

"한 잔 더 따라봐."

오빠가 덧붙였다.

"너 존나 아무것도 모르고 하는 말이다, 그거."

"무슨 뜻이야?"

오빠는 내가 감당할 수 있을지 속으로 판단 중인 것처럼 나를 오랫동안 바라보았다. 한참 후 술을 한 모금 마시더니 말했다.

"너만 알고 있을 거지?"

"당연하지."

"나 자퇴했어."

"그게 무슨 소리야?"

"그만뒀다고. 학교 안 간 지 몇 달 됐어. 내가 사는 아파트 주변 공사장에서 일하면서 부업으로 물건도 좀 팔고 있지. 벌이가 많진 않지만, 그래도 먹고살 만해. 대단한 놈들이랑 인맥도 쌓고 있고. 연줄 좋은 놈들 말이지."

"잠깐. 대학 다닌다고 동네방네 다 말하고 다녔으면서 실제론 우리한테 존나 사기 치는 중이라고?"

"사기는 무슨? 내가 벌어서 내 인생 사는 건데. 돈도 있고, 일자리도 있고, 섹스도 하고. 내가 원하는 건 다 누리고 산다고. 그리고 아까 말했던 것처럼 대단한 놈들이랑 인맥 쌓는 중이라니까. 지금 공사 들어간 건이 얼마나 짭짤한데. 엄청난 기회지. 판을 벌인 놈은 아주 돈이 썩어나는 새끼야. 한번은 파티를 연다면서 댈러스에 있는 자기 집으로 초대하기에 가봤거든. 야, 대박이었다. 끈팬티만 입은 여자애들이 무슨 식당에서 음식 서빙 하듯 거울 위에 코카인을 일렬로 담아서 들고 다니더라. 썸 천지였어."

나는 고개를 숙인 채 내 손만 바라보다가 무릎으로 시선을 옮겼다.

"왜 그래? '썹'이란 말 처음 들어?"

고개는 끄덕였으나 시선을 들기는 힘들었다. 얼굴이 너무나도 화끈거려 머리가 폭발하는 것 아닐까 싶었다. 무릎 사이로 동그랗게 오므린 두 손이 우스웠다. 오빠가 또 웃었다.

"걱정하지 마라, 애기야. 너도 곧 클 테니까."

오빠는 술을 한 잔 더 따라주었다.

"이 세상은 그냥 썹잔치야. 지금 살고 있는 삶은 잊어버려. 가족 같은 것도. 엄마, 아빠, 학교, 직장 다 필요 없어. 이 세상에서 승리자가 되려면 두 가지 길밖에 없어. 돈이랑 썹."

나는 애써 다 안다는 듯 웃어 보이고 술을 마신 뒤 멀거니 앉아있었다. 인정해야겠다, 그때 내게는 그 말이 멋지게 들렸다. 그 후 우리는 침묵 속에 앉아있었다.

나중에 오빠는 주류 판매점에서 쓰는 종이봉투 같은 것에 포장된 무언가를 건넸다. 포장을 벗기는 손끝에서 종이가 부스럭거렸다. 그것은 휴대용 술병, 생일 선물이었다.

그 생일에 엄마 아빠가 준 선물은 셰익스피어 비극 전집이었다. 중고였지만 묘한 아름다움이 있었다. 짙은 붉은색 표지에는 돈을 새김한 글자가 있었고, 안에는 나방 날개처럼 얇은 책장이 빼곡했다. 보고 있으면 책이 한 장씩 타오르는 모습, 재가루가 하늘을 향해 날아오르는 모습이 떠올랐다. 엄마 아빠는 나를 잘 알지는 못했으나 내가 그 무엇보다 책을 좋아한다는 사실은 알았다. 그 이유는 몰랐다. 내겐 단어가 빼곡한 페이지마다 전부 도망칠 기회였고, 나를 죽일 기회였고, 내 뇌가 꾸물거리는 회색 애벌레 이상의 무언가로 다시 태어날 기회, 몸이 몸의 기원과 족쇄를 벗어던지고 끝없이 변화할 수 있는 세상에서 다시 태어날 기회였다. 책을 들고 있으면 두 손으로 온세상이 만져졌다. 내가 그곳에서 알던 유일한 행복은 전부 내다리 사이에서, 술병에서, 책에서 출발한 것이었다. 교도소가세워지기 전까지는.

오빠가 떠난 후 나도 떠나야겠다는 생각이 들었다. 담쟁이덩굴이 덮인 아이비리그 대학교에 입학하겠다고, 꽉 막힌 방에 앉아 내게 지식을 뿜어대는 사람들과 함께하겠다고, 죽은 세상을 깨부숴 열고 새로운 세상을 건설하는 글을 쓰겠다고 생각했다. 대학에 가서 오빠처럼 이중생활을 하는 상상을, 몰래마약을 팔고 섹스를 팔아 용돈을 버는 상상을 했다. 세상의 가장자리에서, 자신의 결말을 고쳐 쓰는 오필리아처럼. 오빠가 떠난 후 나는 울었다. 그러고는 다리 사이에 손을 넣고 문질렀다. 어찌나 세게 문질렀던지 피가 터질 것만 같았다. 나중에는 머리빗을 써서 내면의 가장 깊은 곳까지 도달했고, 안에 있던 것을 밖으로 이끌었으며, 그것에 숨을 불어넣어 다락방에서 나와 공존하게 했다. 혼란스럽고, 무겁고, 축축하고, 자유로운 그것.

밤은 나를 지배했다. 다락방에 홀로 있으면 내 두 팔이 나를 안아 들고 내가 만들어낸 세계로 싣고 갔다. 나는 때때로 벽에 오빠의 얼굴을 그려보았고, 그러면 그가 나를 바라보는 듯, 나를 이끌어 어둠 속으로 데려가는 듯한 기분이었다.

그들이 마지막 벽돌을 바르고 마지막 철책을 늘여 세운 날, 그 위로 마지막 철조망을 감은 날, 나는 무료한 시절이 곧 끝날 것을 직감했다. 무미건조한, 죽은 듯 조용한 고향은 길 잃은 소떼처럼 저쪽으로 멀어져갔다.

일이 쉽지만은 않았다. 엄마 아빠가 감흥 없이 침묵을 지키는 동안 다른 사람들은 목소리를 높였다. 이 동네에는 아이들이 있습니다. 아이들이 뭘 보고 자라겠어요? 교육 환경이 어떻게 되겠습니까? 선량하고 성실한 사람들, 먹고살려고 땀 흘려 일하는 주민들에게 어떻게 이런 짓을 하지요? 뒷마당에 포치를 세우려고 한푼 두푼 모았더니 이제 콘크리트 상자가 앞을 다 가리게 생겼잖아요? 그렇지만 주민들이 2년 동안 청원서를 내고 시의회 앞에서 시위하며 풀뿌리 민주주의를 실천한다 한들, 작은 마을에서 몇 번 저항의 발버둥을 쳐본다 한들, 그것은 아무 의미도 없었다. 결국에는 약 5백 개 가구에 새로운 일자리가 생기고 상권이 형성되고 경제가 성장할 거라며 꽥꽥대는 사람들이 교도소 건립에 반대하는 사람들을 이겼다. 그 여름 동안 마을 사람들은 마치 정직이란 가치에 배신을 당한 듯, 모든 선량하고 건실한 것이 변해버린 듯, 땅에서 질병 같은 것이 자라나 퍼져 나가기라도 한 듯 낙심했다.

기어이 동네에 교도소가 세워진 이유는 결국 돈이었다. 건설업자와 시장과 주지사는 연줄로 묶여 있었고, 마을은 지역 뉴스에 몇 번 출연한 뒤에도 덥고 흙먼지만 풀풀 날리는 촌구석으로 취급되었으며, 결국에는 교도소 건설이 마무리 작업에 들어갔다는 기사에만 언급되었고, 인구의 반이 사라져 노인의 손가락 마디처럼 쭈그러들었다.

우리 집은 마을 변두리에, 교도소 근방에 있었다. 아버지는 포트 아서 주변에 있는 석유 생산지에서 자랐는데, 유정 위로 까딱거리는 까만 기계 머리와 그 악취와 보이는 것마다 구멍을 뚫는 느릿한 드릴 소리에 거의 정신이 나갈 뻔했다. 그곳을 떠날 때는 다른 것 말고 오직 땅과 하늘만 보고 싶은 심정이었다고 했다. 광대무변의 풍경에서 자유를 느꼈다고 했다. 내 생각에 그때 아버지에게는 더 사적인 슬픔이 있었던 것 같다. 아버지는 변해버린 풍경이, 하늘을 침범하는 땅이 애석했던 것 같다. 어머니의 머릿속에 무엇이 있었는지는 누가 알겠나? 어린 내 눈에 어머니는 겁먹은 사슴 같았다. 뇌에 그럴듯한 백인 가정을 꾸리겠다는 몽상만 꽉 차서 주립 교도소와 죄수들에 대해, 땅을 오염시키는 흑사병 같은 존재들에 대해 생각할 겨를이 없었다.

아버지는 광활한 풍광을 사랑했지만 나는 그것 때문에 죽을 것 같았다. 다락방 창가에 텅 빈 풍경과 샷 글래스를 앞에 두고 앉아있을 때면 꿈결 같은 이미지가 그 공허를 채웠다. 내가 무한한 바위와 관목의 정경을 내다보는 동안 먼지 날리는 황무지에서 붉은색, 회색 철근이 솟아올랐고, 건물이 세워졌고, 건축이 그 기하학적 기세로 하늘을 위협했다. 나는 철책이 길고 길게 이어지며 교도소를 이루는 모든 것을 에워싸고, 그 십자로 얽힌 쇠붙이가 거대한 장벽을 형성해 내가 있는 세상을 차단해내는 모습을 보았다. 인부들이 주변에 도랑을 파고 커다란 얼레에서 전화선을 풀어내는 것을 보았고, 내가 이 세상에 존재하리라 상상했던 것보다 더 많은 쇠붙이가 밀려들고 또 밀려드는 것을 보았으며, 사람들이 도보와 주차장을 만들기 위해 콘크리트를 붓는 것도 보았다. 뜨겁고 건조한 공기 속에서 들려오는 공사장 소음은 아침이면 나를 깨웠고 밤이면 꿈을 채웠다. 꿈속에서는 도시가 우뚝 솟았고 콘크리트와 철근 안에서 인류가 번식했다. 도시의 종족은 마치 하나의 기계처럼 딸깍거리고 쿵쿵거렸다. 사물의 일차적 의미가 해체되었다. 새로운 형태와 이미지가 우리 가족과 우리의 작은 집을 밀어냈고, 거기서 꿈이 자라나 내 현실을 채우기 시작했다.

마침내 재소자들이 도착했던 날은 그간의 논란에 비해 조용히 지나갔다. 오렌지색 점프 슈트 죄수복 차림으로 커다란 초록색 버스에서 내린 남자들은 새로 닦은 콘크리트 길을 거쳐 교도소 건물까지 일렬로 행진한 끝에 콘크리트와 철조망과 쇠붙이 너머로 사라졌다. 그들은 여러 줄로 서 있었는데, 그중 몇 줄은 손목에 쇠고랑을 차고 있었고, 몇 줄은 손목과 발목에 차고 있었으며, 몇 줄은 아무것도 차고 있지 않았다. 나는 창가에서 이야기를 지어냈다. 이것은 범죄의 위계였다. 더 위험한 범죄를 저지른 사람들은 더 단단히 구속받고 있었다. 사실 그들은 생김새가 진부 똑같았다. 오렌지색 죄수복이 그들을 하나의 형상으로 짓이겼고, 똑같은 얼굴과 머리카락이 복사해 놓은 듯 끝없이 반복되면서 발자국조차 구분할 수 없었다. 그리고 나는 그중 단 한 사람도 모른다는 사실이, 그 익명성이 미치도록 좋았다. 여기 모인 수백 명의 죄수는 곧 보행 공간이 열 걸음밖에 안 될 정도로 비좁은데 변기까지 있는 감옥에 갇혀 작은 침대와 방 한 칸만을 차지하고 살아갈 것이었다. 그리고 나는 그들과 아무런 연관도 없었다. 실제로 존재하거나 감각할 수 있는 연결 관계는 아무것도 없었다. 그날 나는 술을 마시면서 길이는 열 걸음 너비는 여섯 걸음인 내 방을 걷고 또 걷다가 잠들었다.

정신을 차렸을 때는 밤이었고 머리가 어질어질 아팠다. 일어나서 옷을 벗고 창가로 갔다. 별이 흰 점처럼 찍힌 어둠을 내다보았다. 산들바람이 내 상상력을 싣고 벽을 통과했고, 나는 저마다 조금씩 다른 자세로 잠든 그들을 차례차례 바라보았다. 몇몇은 아이처럼 웅크리고 있었고 몇몇은 널빤지처럼 똑바로 누워 입을 벌리고 있었다. 나처럼 잠에서 깨어 자기 앞에 무언가가 나타나기를 기다리는, 그것을 목격하고자 하는, 희망은 없어도 태도는 결연한 누군가가 그려졌다. 그가 보일 것만 같았다. 나는 아이들 같은 장난을 치기로 했다. 내 눈에 그가 보인다면 그도 나를 볼 수 있겠다고 생각했다. 내 몸을 만졌다.

오랫동안 이런 날이 지속되었다. 손이 닿을 듯 닿지 않는 교도소는 내 머릿속을 지배했다. 나는 죄수가 등장하는 성적 판타지를 백 개쯤 생각해냈다. 고문이나 탈출이나 폭력에 관한 상상, 고통에 무너져 내린 몸이 부드럽게 위로받는 상상이었다. 나는 이런 식으로, 이렇게 멍한 상태로 열네 살에서 열다섯 살이 되었다. 아무 일도 없는 일상, 달궈진 지층처럼 켜켜이 퍽퍽하게 쌓여가는 나날이었다. 같은 학교에 다니는 사람들은 내게 아무런 의미도 없었다. 책은 세상이 하지 못한 방식으로 내게 보금자리를 제공해 주었다.

내가 열다섯 살이 된 여름, 오빠는 집에 오지 않았다. 내 침대 밑에는 잭 다니엘스 한 병과 길비 한 병과 테킬라가 있었다. 나는 수업을 빼먹고 잘 알지도 못하는 남자들, 오빠를 통해 만난 남자들과 약에 취한 채 하루하루를 보냈다. 내 몸을 원하는 그들의 손길을 허락하면 할수록 그들은 마음이 느긋해지는 것 같았다. 엄마 아빠로부터는 또 셰익스피어 전집을 받았다. 비극과 나란히 놓일 희극 전집이었다. 나는 그해 여름을 내 몸의 안팎이 뒤집힌, 뱀처럼 허물을 벗은, 아니면 그저 몸이 폭발한

계절로 기억한다. 그때쯤에는 이미 헤로인도 몇 번 시도한 뒤였지만 그게 내 주 종목은 아니었다. 그때쯤에는 이미 내 다락방 창문에서 2백 미터쯤 떨어진 철책으로 가서, 높이가 120센티미터는 될까 싶은 관목과 덤불 뒤 어둠 속에 웅크린 채 몇 시간이고 기다리고 기다리는 습관이 생긴 후였다.

그들은 하루에 두 번 나타났다. 한 번은 오전 중에, 한 번은 늦은 오후에. 안뜰로 나와 공놀이를 하고 걸어 다니고 두세 명씩 모여 있었다. 나는 그들의 형태는 보여도 얼굴은 알아볼 수 없는 거리에 있었다. 흐릿한 얼굴과 둥그런 머리의 윤곽, 반복되는 주황색에 눈이 찌푸려졌다. 망원경을 쓰니 조금 나았으나 덩달아 강해지는 저릿한 고통이 참기 힘들었다. 맨 처음 그들의 세상을 에워싼 철책에 다가갔을 때는 혼자만의 밤이었고, 어둠과 바람뿐 아무것도 없었다. 나는 그들과 나 사이에 축구장 두 개쯤 되는 공간을 두고 덤불 뒤에 엉성하게 몸을 숨겼다. 철책의 패턴을 바라보는 내 팔의 솜털이 바짝 일어서서 요구하고 애원했다. 나는 그곳에 앉아 생각에 잠긴 채 술을 마시면서 세상 주변부의 풍경에 익숙해졌다. 그러다가 집으로 걸어갔다. 발자국에 비틀비틀한 걸음걸이의 흔적이 남았고 몸은 이름을 기억하지 못했으며, 손은 양옆으로 대롱대롱, 손가락은 따끔따끔 간지러웠다.

그 여름 내내 인간들이 떠드는 목소리가 웅얼웅얼 TV에서 흘러나와 환풍구를 타고 다락방까지 올라왔다. 꼭 TV의 유령이 출몰하듯. 각종 토론과 뉴스 기사와 시의회가 전부 교도소와 그곳의 재소자와 그 어둠의 중심지를 문제 삼았다. 교도소 밖에 있는 사람들은 수감자들이 고된 시간을 보내고 있기를 바랐다. 그 범죄자들, 변태적이고 타락한 자들에게 TV나 운동기구가 제공되지 않기를 바랐다. 사치를 누려서는 안 된다는 것이었다. 수감된다는 것은 고통스러운 경험이어야 했다. 재소자들이 설마 특별 대우를 기대하는 건 아니겠지요? 이런 질문이 들릴 때마다 나는 생각했다. 세상에, 왜 자꾸 저런 걸 묻지? 내가 보기에 질문할 수 있는 사람에겐 대답을 들을 권리가 없어. 가서 《템페스트》나 읽으라지, 나한테 말 걸지 말고. 나중에 자동차가 생기면 이렇게 써 붙이고 다닐 거야. '이 어둠의 산물을 나는 내 것으로 받아들인다.'

영어 수업을 빼먹고 강당 뒤에서 아는 남자애들 몇 명이랑 대마초를 피우던 날이었다. 그들은 우리 오빠와 지인 사이인 형을 둔 애들이었다. 내 안으로 손을 넣어봤던 애들이었다. 그때 나는 대마초를 말고 있었다. 탄탄하고 가늘고 강력하게 종이를 돌돌 말고 있는데 아이디어가 떠올랐다. 살면서 했던 것 중 가장 간단하고 명료한 생각이었다. 나는 그들에게 대마를 어디서 구했는지 물어보았다. 그들은 어떤 남자 이름을 알려주면서, 오빠랑 알고 지내던 사람이라고 했다. 나는 그와 만날 수 있을지 물었다. 1분도 지나지 않아 모든 일이 완료되었다. 그 남자에게 내 아이디어를 설득하는 건 더 간단했다. 재소자의 여동생이라는데 의심할 이유가 없잖은가? 수치와 절망에 빠진 비참한 남자를 보러온 여자아이를, 누가 의심하겠나? 그때 나는 이미 외모가 성숙해서 처음 보는 사람들은 성인이라고 짐작할 정도였기 때문에 세븐일레븐에서 맥주와 담배를 사고 동네 술집에 들락거리곤 했다. 오빠가 가짜 신분증을 마련해주어 아무런 문제도 없었다. 대학에서 만난 웬 여자애에게 부탁했다고 했다. 아마 그 여자애와 잤겠지. 신에게 맹세하건대 그 미지의 여자애와 나는 쌍둥이나 마찬가지였다. 우리의 얼굴은 서로의 메아리였고, 우리의 삶은 맞닿아 있었다.

대마 공급자가 교도소에서 만날 첫 번째 남자의 이름을 알려주었다. 나는 플렉시 글라스로 된 창구 밑의 틈새로 내 신분증과 주머니 속 소지품을 제출했다. 미리 안내받은 대로 액세서리나 와이어 있는 브래지어 등 금속이 들어간 건 착용하지 않았다. 교도관은 막대처럼 생긴 금속 탐지기를 들고 내 몸 주변을 빙빙 돌았다. 몸이 떨렸다. 입이 화끈거렸다. 자꾸 입술이 부루퉁하게 튀어나왔다. 울음이 터질 것 같았다. 하지만 처음으로 교도소에 갔던 그날, 내 몸은 내가 모르던 진실을 알았다. 두 다리는 미리 암기해둔 것처럼 내가 모르는 경로를 따라 나를 싣고 걸어갔다.

그의 이름은 얼이었다. 그의 푸른 잿빛 눈동자는 나를 희박한 공기처럼 빨아들였다. 그는 웃지 않았을뿐더러 말도 거의 안 했고, 친한 사이인 것처럼 내 빗장뼈 주변에 손을 가져다 댔다. 우리는 아는 사이로 말을 맞춰둔 상황이었다. 나는 그의 조카나 딸, 여동생, 아니면 도망치려 했다가는 그의 손에 죽을지도 모를 잘 익은 여자아이처럼 행동해야 했다. 그의 손이 허리쪽으로 내려가더니 갈비뼈 바로 밑을 꼬집었다. 그의 얼굴이 가까이 다가오며 초점이 엇나갔고, 뿌옇게 보이던 짤막한 턱수염이 선명해지며 그가 내게 입을 맞추었다. 입술 위는 아니었지만 입술에 최대한 가까운 곳에 촉촉하고 뜨겁게 머물다가 멀어졌다. 혓바닥, 타액의 감촉이 느껴졌다. 그사이에 그는 솜씨 좋게도 허릿단 밑에 숨겨두었던 작은 봉지를 가져갔다. 척추에 소름이 돋았고 속이 뒤틀렸고 침이 고였다. 오줌이 마려워 아플 지경이었다.

그토록 강렬하게 살아있음을 느꼈던 적은 처음이었다.

일주일에 한 번씩 1년 동안 얼을 만났다.

밤에는 모험을 계속했다. 두 손이 살아 숨 쉬었고 몸이 끊임없이 가열하게 박동했다. 이제는 살아가야 할 구체적인 이유가 있었다. 내가 태어나기도 전에 세계의 자서전이 쓰였고, 이제 할 일은 그 책을 읽는 것뿐인 듯했다. 가끔 휴게실에서 면회 중일 때 내가 손으로 해주거나 그가 해주기도 했는데, 그러면서도 줄곧 서로의 익명성을 유지했고 말도 거의 섞지 않았으며 나는 쾌락이 너무나도 강렬해서 죽을 수도 있겠다고 생각했다. 때로는 아무도 없는 복도에서 교도관이 내 가슴을 주무를 때도 있었다. 한번은 얼과 내가 서로를 흥분시키는 동안 재소자 하나가 내 손에 싼 적도 있었다. 그러는 동안 나는 셰익스피어를 읽고 또 읽었다. 낱말들이 내 영혼을 빙빙 돌려 몸으로 밀어 넣었고, 사랑에 관한 장면은 죽음에 관한 것으로 치환되었으며, 정체성은 상실되고 도둑맞고 변형되었고, 선악이 서로의 몸으로 미끄러져 들어갔고, 신혼부부의 잠자리에서, 형제와 자매 사이에서, 권력자와 노예 사이에서 살인과 자살과 근친상간이 일어났다.

잠자리에 들면, 꿈이 나를 붙들고 색깔과 환영의 세계로 데려갔다. 세상이 주황색에서 붉은색으로, 푸른색으로 변했다가 원래대로 돌아왔다. 수많은 남자가 감옥에서 풀려나 벽과 몸과 머리를 깨부수고, 광기로 감옥 안팎을 휩쓸고, 바보 같은 인간의 조직체들을 산산이 조각냈다. 나는 안팎이 뒤바뀐 세상의 논리를 목격했다. 몸을 통해, 세공한 다이아몬드처럼 투명하고 맑은 정신을 통해 세상을 알게 되었다. 이것 외에 다른 세상은 존재하지 않는 것 같았다. 이 몸에 맞는 다른 집도 허물도 없을 것 같았다. 꿈과 책 속에서, 교도소 안에서, 내 다리 사이에서 모든 것이 다시 태어나고 있었다.

밤바람은 사물의 구조를 바꿔놓았다. 내 다락방과 교도소 사이의 거리가 좁혀졌다. 내가 험준한 사막의 바위 지형 사이로 강을 뚫고 흙을 흐르게 하자 내 작은 몸이 배처럼 나를 싣고 반대편으로 데려갔다. 여자로 성장하는 대신 끊임없이 나를 재발견할 수 있는 기회의 땅으로 데려갔다. 나는 기다린다는 행위의 논리를 완전히 파악했고, 어떻게 기다림이 버림받은 자들을 품어주는지 알게 되었다. 교도소의 남자들도 나처럼 긴 기다림을 앞두고 있었기에 도로 위의 타이어 자국처럼 벽 위에 분필로 남은 날짜를 표시했다. 내 삶처럼 그들의 삶도 바꿔고 있었고, 그들의 몸 역시 다른 종족으로, 피가 뜨거운 포유류에서 배가 차갑고 어둠을 꿰뚫을 수 있는 무언가로, 사막에서도 살아남을 수 있는 무언가로 변하고 있었다. 그들에게는 생존과 결핍에 대한 태고의 감각이 있었으며 그 감각은 삶의 동력이었다.

위스키와 헤로인은 여자아이 위로 고향의 먼지가 쌓이는 것을 막아줄 수 있었다. 학교도, 가족도, 딸의 역할도 그를 압박할 수 없도록 먼지 분자의 속도를 조절해주는 것 같았다. 나는 구속의 존재를 알았으나 정신력으로 그 구속을 터뜨릴 수 있다는 것도 알았고, 구속의 보잘것없는 규칙과 지식과 초라한 신을, 늙은 여자의 손가락 같은 그것을 이해했다. 때로는 팬티 안에 알약을 넣어 다녔다. 부풀어 오르는 가슴 밑에 작은 비닐이나 나뭇조각이나 약을 넣어놓기도 했다. 나는 세상의 가장자리에 있었다.

이미 예상했다고, 그동안 감각을 날카롭게 벼려놓은 덕에 그 정도는 예상할 수 있었다고 말하고 싶다. 하지만 우리 중에 자신을 똑바로 바라볼 수 있는 자가 있기는 할까? 가장 위대한 영혼들도 실패하고 또 실패했다. 그래서 내 열여덟 살 생일에 교도소 안뜰에서 오빠를 보았을 때, 그의 오렌지색 죄수복이 누구보다 밝았고 얼굴이 또렷했고 손이 여느 남자의 손처럼 익숙한 움직임으로 팔 밑에 대롱거렸지만, 그를 알아보지는 못했다.

처음에는 오빠가 내가 꾸린 부족의 일원이 되었다고 생각했다. 머릿속으로 재빨리 이야기를 지어냈다. 오빠는 내가 건설한 영역으로, 시민의식이나 사회적 조직 같은 질병에 감염되지 않은 현실로 들어온 것이었다. 나는 내가 오빠를 위해 주변을 정비하고 길을 닦아놓기라도 한 듯 자부심 같은 것을 느꼈다. 우리가 그 은밀한 곳에서 혈연이 묶어주는 것보다 더 깊은 관계를 찾아내리라 기대했다.

오빠가 처음으로 나를 발견한 것은 면회 시간에 얼과 함께 휴게실에 있던 때였는데, 나를 완전히 무시했다. 나를 날카롭게 꿰뚫는 눈동자가 푸른 잿빛 암석 같았다.

나는 바로 오빠와 면회하겠다고 신청했다.

우리 사이에는 유리벽이, 손에는 검은색 전화기가 있었고, 시선은 서로의 얼굴에 고정되었다.

"안녕."

아무 대꾸도 없었다.

나는 흥분해서 열이 올랐다. 숨이 폐에 갇혀 있었다. 내가 하

가
장
자
리

180

는 말은 사방으로 뻗어 나갔고 작은 전화기에 밀도 높게 들어찼다.

"처음에 오빠가 여기 있는 거 보고 존나 놀랐어. 왜 들어왔어? 엄마랑 아빠도 알아? 모르는 것 같은데. 아무 말도 없었거든. 왜 들어온 거야?"

아무 대꾸도 없었다.

그의 시선이 내 빗장뼈로 이동해 턱과 귀 사이 어딘가에 머물렀다. 내가 횡설수설했다.

"그런 건 아무래도 상관없겠지. 얼마나 오래 있는─."

"닥쳐. 내 말 잘 들어. 딱 한 번만 이야기할 거야. 이 전화기 내려놔. 그대로 일어나서 뒤돌아 나가. 그리고 절대 돌아오지 마, 씨발."

"무슨 헛소리야. 내가 오빠만 보려고 온 줄 알아? 나 여기 수백 번은 와봤다고. 나한테는 대단한 일도 아니야. 그냥 한번 이야기나─."

"닥쳐. 주둥이 닥치라고."

그가 손을 들어 올렸다. 들어 올린 주먹과 반사된 주먹의 형상이 위협적인 물음표로 변해 허공을 맴돌았다.

"네가 왜 여기 있는지 알아. 다 들었어."

그가 이야기를 멈추었다. 잠시 분노를 삭이는 듯하더니 다시 쏘아붙였다.

"대체 왜 그렇게 됐어?"

"무슨 소리야?"

"너 여기서 유명해. 그러니까, 무슨 유명인 같은 거라고, 씨발."

"대체 그게 무슨 소리야. 여기 있는 사람들 나랑 잘 알아. 그냥 나랑 친한 거야. 다들 이름도 알고―."

"이해 안 되는구나, 그렇지? 여기 사람들이 널 뭐라고 부르는지 알아? 아냐고? 구멍이라고 불러. 그냥 구멍."

그가 웃음을 터뜨렸고 이 빠진 자리가 휑했다. "다리나 벌리는, 좋다는 남자만 있으면 그게 누구든 달려들고 보는 여자애래. 네 그림도 있어. 이 좆같은 곳 사방팔방에 너를 그려놨다니까. 시 같은 것도 있어. 네 썹에 관한 시, 네가 아무한테나 들이대는 쪼그만 창녀라는 시." 그는 귀에서 무언가를 파내더니 그것을 바라보다가 다시 내 쪽으로 눈길을 돌렸다. "네가 시체 자지를 빨았다는 이야기도 돌던데."

"거짓말하지 마. 이 좆같은 거짓말쟁이 새끼."

나는 벌떡 일어섰다. 교도관이 내 쪽을 흘깃 바라보았다. 나는 다시 자리에 앉았다. 목소리를 낮추었다.

"여기가 어떻게 돌아가는지는 내가 오빠보다 잘 알아. 봐봐. 누가 그런 소리를 하고 다닌다면, 거짓말을 하는 거야. 여기 있는 사람들은 나랑 잘 아는 사이라고. 교도관도, 재소자도, 다 나랑 같이 일해. 나한테 물건을 줘. 그러면 내가 팔고. 아니면 내가 물건을 구해주든가. 오빠가 전에 하던 것처럼."

"그러셔? 그러면 어떻게 여기 있는 사람들 모두가 네가 하는 짓을 처음부터 끝까지 다 꿰고 있는 거지?"

그가 테이블 위에 손을 겹쳐 놓았다. 그것이 정말 오빠의 손이었나? 오빠의 손가락이고? 나는 허벅지 위에 놓인 내 손을 바라보았다. 그저 여자아이의 손이었다.

"지랄 마! 네가 나에 대해 뭘 알아. 나도 내 나름대로 잘 살아. 돈도 알아서 잘 벌고. 노력해서 번 돈이야. 나를 반가워할 줄 알았는데. 오빠한테 나 말고 누가 있다고 그래. 어차피 난 곧 떠날 테니 걱정하지 마. 내가 사라지면 아무도 오빠가 여기 있는 줄 모르겠지."

"사람들이 네가 내 동생인 걸 알면 어떻게 되는지 알아? 씨발, 난 먹잇감이 되는 거야. 죽은 목숨이라고."

나는 겁먹은 짐승처럼 그의 추한 입과 이야기에서 도망쳤다. 휴게실로부터, 전화기를 잡은 그의 손과 목소리와 얼굴로부터 달아났다. 나는 나를 더듬으려는 교도관, 히죽히죽 웃으며 자기 몸을 만지고 있는 그를 지나쳐 리놀륨으로 된 복도를 달렸고, 접수대를 지나쳤고, 공사하는 모습을 지켜본 적 있던 거대한 쇠문 밖으로 나왔고, 콘크리트를 들이붓는 모습을 지켜본 적 있던 도로를 달렸고, 안뜰에서 입처럼 웃고 있는 오렌지색 죄수복들을 지나쳤고, 철책선과 하늘을 배경으로 정문까지 달렸고, 닫혀있음을 확인한 후에는 손톱을 세운 채 그 위로 타고 올라갔고, 권총을 찬 교도관들이 내 발꿈치를 잡고 끌어당겼고, 눈물과 침이 흐르고 머리가 미친 듯이 지끈거렸다. 내가 추락하는 내내 으르렁거리고 발을 구르자 그들은 웃었고, 내가 어떤 인간인지 확인함에 또 웃기 시작했고, 나를 땅으로 쓰러뜨린 다음 있는 힘껏 꿈틀거리는 내 몸을 꼭 붙들고 말했다.

"가만히 있어 봐, 가만히 좀 있어 보라고. 도와주려는 건데 왜 이래, 젠장. 진정하라고, 좀."

그들이 내 손목과 허벅지를 붙잡았고, 나는 소리쳤다. 내 안에 있는 목소리를 전부 끌어내 거대한 하늘을 향해, 나를 붙들고 있는 그들을 향해, 내가 몸을 내주었던 교도소 안의 모든 남자를 향해, 벽을 향해, 울타리를 향해, 건물 전체를 향해 소리쳤다.

"전에는 날 사랑했어, 사랑했다고. 다른 남매들 사만 명을 데려다가 그들 사랑을 전부 합한다 해도 비할 바가 아니었는데!"

그 후 구급차가 도착했고, 안뜰에 선 남자들은 후에 이렇게 말했다.

"그 잘빠진 년이 드디어 정신을 놨다지."

그리고 덧붙였다.

"걔 보지가 정말 끝내줬지. 꼭 어린애 입처럼 분홍색에 끈끈한 게 말이야, 그렇지 않았어?"

거부하는 여자

A Woman Refusing

—

나는 다이너에 앉아있다. 그때 한 남자가 문을 벌컥 열고 소리친다. 어떤 여자가 웰스 파고 건물 옥상에서 뛰어내리려고 해요! 도와줄 사람 좀 불러주세요! 나는 숟가락을 들고 커피 컵 바닥에 빙글빙글 원을 그린다. 거슬리는 긁는 소리 때문에 자리에 앉아있는 사람들이 눈살을 찌푸리며 나를 바라본다. 나는 느릿느릿 고개를 돌려 남자 쪽을 바라본다. 그리고 말한다. 그 여자한테 도움 같은 건 필요 없어요, 발가벗었던데요!

그가 흥분해서 팩팩거린다. 40층짜리 건물이라고요! 세상에, 뛰어내리기라도 하면요? 나는 줄곧 숟가락을 빙빙 돌리고, 견디기 힘든 소음이 이어진다.

사람들이 우리에게, 점심 식사에 곁들일 작은 소동에 집중하기 시작한다. 나는 손을 멈추고 대꾸한다. 그 사람은 뛰어내리려고 올라간 게 아닙니다. 그리고 다시 숟가락을 돌린다. 그와 눈을 마주치지도 않는다. 격앙된 호흡 소리가 들리는가 싶더니 그가 내 쪽으로 몸을 기울이고 나를 똑바로 보며 말한다. 댁이 그걸 어떻게 아는데? 그는 단단히 화났다. 당신도 그 여자랑 몇 년 살아보시든가. 나는 속으로만 말한다. 씨발 하루만이라도 살아보면 알지. 결국에는 고개를 돌려 그를 바라보고 말한다. 거기 올라가 봤으니 알지요. 오늘만 가본 것도 아닙니다. 이 짓을 이미 수백 번도 더 했어요. 맹세코 이제는 안 갈 거다, 이 말입니다. 클리블랜드에서는 펌프장이었고, 보스턴에서는 하버드 광장에 있는 탑이었고, 러벅에서는 버디 홀리 동상이었지요. 그 동상은 높이가 3미터밖에 안 되는데. 그러니까 싫습니다, 선생님. 난 이제 질렸어. 앞으로 그 여자 쫓아다니는 일은 없어요. 나는 남은 커피를 한 번에 털어 넣는다. 지금까지 지나온 날들이 전부 그 감미롭고 미적지근한 카페인 음료에 녹아있기라도 한 듯 가뿐하게.

　그는 그만두지 않는다. 이봐요, 아저씨. 그가 말한다. 그 사람
이 아저씨 부인이든—나는 그를 정정한다. 전 부인이지요, 이혼
했으니까—그래요, 전 부인이든 상관없고, 지금 상태가 안 좋
으니까 도와줘야 한다고요. 여기 가만히 서서 내버려—.

　나는 코웃음을 친다. 내 말을 이해 못 했나 본데, 내가 30분
전에 거기 있었다고요. 누군지도 모르는 사람들을 주렁주렁
꽁무니에 매달고 그 꼭대기 층까지 올라가면서, 꼴같잖은 무
전기로 그 여자를 설득하려고 했다고요. 아실 텐데, 사람들은
남 일에 말 한마디씩 얹으려고 헛소리를 한 보따리씩 이고 다
녀요. 그러다가 망할 놈의 위기가 진짜로 터져 버리면 배를 부
풀린 복어처럼 주둥이를 뻐끔거리면서 못 박힌 듯 서 있기만
할 뿐이지요.

　이번이 몇 번째인지 기억도 안 날 지경이지만, 어쨌든 옥상에
올라가 봤더니 그 여자는 어김없이 옷을 홀라당 벗고 우라질
오이처럼 차가운 몸으로 서 있더군요. 나를 보더니 제일 먼저
한다는 말이, 대체 당신은 뭐 하러 왔어? 경찰이 더 적당한 사
람을 못 찾은 거야? 그래서 내가 답했지요. 세상에, 전에도 다
겪어본 일이다 보니 궁금해지는데, 이 정도면 적당하다고 생

각해둔 사람이라도 있는 거야? 나 정도면 외모는 괜찮잖아? 나는 웃었어요. 그는 웃지 않고 이렇게 말했지요. 더 열정적인 사람 말이야. 뭐랄까…… 덜 평범한 사람.

나는 타르로 된 옥상 바닥을 내려다봤어요. 낡은 야구공, 구겨진 종이 뭉치, 전선, 별 희한한 게 다 있더군요. 그리고 말했어요. 도로시, 경찰들은 내가 당신과 과거를 함께한 사람이니까 부른 거야. 그는 내 쪽으로 시선을 돌리고 말했어요. 뭐, 어떤 결과가 발생할지 계산하지 못한 건 그 사람들이니까. 내가 대꾸했어요. 세상에, 사는 게 정말 그렇게까지 별로야? 죽을 때까지 이런 짓을 반복해야 할 정도로? 나랑 갈라선 거로는 만족이 안 돼? 그런데 내가 실수를 했어요. 아까 "그렇게까지 별로야"라고 물었을 때 팔을 휙휙 흔들었거든요. 그 여자는 똑같이 팔을 마구잡이로 흔들며 말했어요. 사실은, 사는 게 이보다 더 좋은 적이 없었어. 그러고는 홧김인지 한쪽 다리를 난간 밖으로 걸쳤어요. 우리 결혼 생활을 요약하면 바로 그겁니다. 한쪽 다리를 난간 밖으로 걸친 위태로움.

분명 땅에서 보면 벌거벗은 여자가 절박함에 몸을 내던졌다가 뒤로 물러서는 모습이었을 거예요.

그때 내가 두 번째 실수를 저질렀어요. 뭐라고 했냐면, 그래,

당신, 지금 보기 좋아. 그러자 여자가 이 개새끼야 하면서 난리를 쳤지요. 미친 듯이 욕을 퍼붓느라 침방울이 튀고, 잠시 바람이 불어 머리까지 산발이 됐어요. 이러더군요. 온 지구에 너만큼 속이 빤히 들여다보이는 인간은 없을 거다. 너는 타파통 같은 놈이야. 그러고는 다리를 퍼덕거리면서 나를 낯 뜨겁게 만들더니 난간 가장자리에 앉는 거예요. 나는 심장이 펄떡펄떡 뛰고 폐에 칼이 들어오는 것 같았지요. 사실 익숙한 감각이기는 하지만. 그쪽으로 다가갔어요. 본능이었지요. 벌거벗은 여자가 옥상 난간에 너무 가까이 서 있다면, 정신이 제대로 박힌 사람은 누구든 그쪽으로 다가갈 거라면서 스스로 위로했어요. 그 여자 얼굴에 *오면 죽는다*라고 쓰여 있었지만.

여자가 이렇게 말했어요. 이봐, 이쯤 해둬, 안쓰러우니까. 나한테 아내 노릇을 시키려다가 실패했지. 나를 여기서 내려오게 하지도 못 할 거야. 옷 입으라고 설득하는 것도 못 하잖아. 나한테 손이라도 대봐, 그러면 제대로, 더 확실한 방식으로 이혼해줄 테니까. 내 말 무슨 뜻인지 알지?

내가 할 수 있는 건 멀거니 서서 허공을 바라보는 것뿐이더군요. 너무나도 익숙한 기분이, 내 몸 같아서 의식하기도 힘든 기분이 느껴졌어요. 바보처럼 아무것도 모르는 팔을 축 늘어뜨린 채 망연자실했지요. 인생의 어느 지점에 있든, 어떤 성공과 실패를 겪었든, 속으로 자신만만하든 두려워 죽겠든 시선은 그저 땅에만 고정해야 하는 기분. 우리는 한참 동안 그렇게 멀거니 서 있었고, 결국에는 여자가 조금 진정하더군요. 산들바람이 우리 옆을 스쳤어요. 대단한 게 있어, 뭔 줄 알아? 그가 물었어요. 뭔데? 내가 되물었어요. 여기서는 날아가는 것들이 보여. 이 여자는 겉모습은 항상 정상적이고 예쁘고 지적인데 이렇게 뜬금없는 말을 한다니까요.

나는 대꾸했어요. 대체 무슨 소리야? 나 피곤해 죽겠다고. 왜 그랬는지는 누가 알겠어요. 어쩌면 다 숙명인 거예요. 더 이상 그 여자 헛소리를 들어주기 싫더라고요. 그렇게 피곤했던 적은 평생 처음이었어요. 우리는 이제 부부도 아니고, 앞으로도 그럴 일 없는데. 각자 재혼할 수도 있었고, 여기가 아닌 곳에서 이것이 아닌 삶을 살 수도 있었지만, 가능성이 무궁무진했지만, 그래도 이곳에서 이렇게, 이런 식으로 재회하고 말았던 거예요. 그 여자가 말했어요. 새 말이야. 여기서는 아래에서 위로 새들의 배를 보는 게 아니라 위에서 볼 수 있어. 등이랑 날개 윗부분이 보인다고. 그러고는 새처럼 손과 팔을 쭉 뻗었어요.

그 순간 나는 생각했어요. 세상에, 저 사람, 아름다운 건 변함없구나. 저 거대한 분노와 흥미로움, 꼭 신화 속의 인물 같아. 끝이구나, 정말 여기까지야. 저 여자 변했어. 어쩐 일인지 모르겠지만 변했어. 바람이 불면 정말로 뛰어내리고 말 거야. 나는 결국 괴성을 질렀어요. *도로시, 안 돼! 세상에, 그러면 안 된다고—.*

그가 말했어요. 헛소리하지 마. 나는 새가 아니야, 나도 알아.

그러니 나는 여기에 앉아서 이 커피를 마실 거고, 다 마시면 이곳에서 떠나 다시는 그 여자를 만나지 않을 겁니다. 나는 아직 팔팔해요. 앞날이 창창하다고요. 그 여자를 살리고 싶어요? 댁이나 마음껏 살려 봐요.

발사

Shooting

—

여자는 정지 표지판 앞에서 급하게 속도를 줄인다. 울컥, 피가 솟구치듯. 씨발 좆같네. 타이어에 구멍이 났다. 구멍이 몸으로 느껴진다, 어깨에 멍이 든 것처럼. 왼쪽 앞바퀴다. 갓돌 옆에 차를 댄다. 턱이 아프다. 왼쪽 눈꺼풀이 떨린다.

잭. 스페어. 타이어 지렛대. 여자가 움직이는 동안 머릿속에 토막 난 문장이 쌓인다. '*십 년*'이라는 문장. '*고통은 우리를 더 강하게 만든다*'라는 문장. 그는 자신을 고쳐줄 쇠붙이들을 그

자리에, 도로 갓길에 준비한다. 쇠붙이들이 십자가를 형성한다. 십자가 아닌 다른 것으로 볼 수 없다. *냉담자*라는 문장. 이것이 여자의 웃음을 자극한다. 그는 생각한다. 하느님 맙소사. 잠시 후에는, 하느님은 무슨, 똥 싸고 있네.

첫 번째 크랭크. 여자의 오른팔 근육이 솟아오른다. 준비 완료. 목구멍이 좁아진다. 왼팔이 무지근하다. 기억이 흐른다.

1년 차. 길바닥에 처박힌 여자의 얼굴. '살갗'이라고 그는 생각한다. 가까이서 보면 도로는 요철 있는 까만 살갗을 확대한 것 같다. 여자는 길바닥에 앉아서 광인처럼 웃던 자신을, 시간이 흘러 사위의 빛이 변하자 남자가 자신의 목덜미를 잡아 끌고 자동차에 집어넣었던 것을 기억한다. 입 주변에 여전히 토사물이 얼룩진 채로 여자는 배꼽이 빠져라 웃고 있었다. 7백 달러라니, 남자가 말했다. 그렇게 큰돈을 주머니에 넣고 다니면 안 되지. 봐, 바닥에 흘릴 뻔했잖아. 아 존나 토까지 묻었네. 여자는 아직도 웃고 있었다. 웃음을 참을 수가 없었다.

2년 차. 저 남자랑 키스하면 씨발 2백 달러 준다. 여자는 한 손에 돈을 들고 회녹색 부채처럼 흔들며 다른 손으로 돈다발을 가리켰다. 여자의 애인, 그리고 히치하이크하다가 그들의 차를 얻어 탄 남자에게 하는 말이었다. 여자는 두 시간 동안 텍사스 촌구석으로 차를 몰고 다니느라 지루해졌던 참이었다. 여자는 텍사스를 평하고 있었다. 납작 납작 납작하기도 하지, 이 염병할 동네. 팬케이크처럼 납작해. 길바닥에 손바닥을 쫙 펼쳐놓은 것처럼 납작해. 대체 넌 어떻게 그런 아이디어를 떠올리는 거야? 남자가 물었고, 여자는 답했다. 저 남자랑 키스해. 혀까지 써서.

두 남자는 순진한 얼굴로 서로를 바라보았다. 그들은 아이처럼 취해 있었다. 인간의 한계를 넘어서는 아름다움이었다. 여자는 보고 싶었다. 룸미러로 두 남자의 입이 합해지는 것을 보고 싶었다. 그렇게 두 남자가 촉촉하게 얽히는 것을 보고 싶었다. 여자는 흙과 덤불과 끝없는 하늘을 헤매는 퍽퍽한 열기 속에 차를 세웠다. 그리고 밖으로 나왔다. 여자의 부츠가 빠작, 빠작 흙을 밟으며 발자국을 남겼다. 자동차 극장 같은 매끈한 빨간 차체에 몸을 기댔다. 담배를 피웠다. 그들을 기다렸다. 그들이 텍사스보다 커다란 욕망을 품은 여자를 마주할 때까지 기다렸다.

그리고 그들은 키스했다. 여자의 돈을 나눠 가졌다. 입처럼 활짝 열린 트렁크 밑으로 그늘이 드리웠고, 세 사람은 그 속에 못 박힌 듯 앉아있었다. 여자의 눈이 불처럼 이글거렸다. 그러고는 감겼다. 팔에 힘이 빠졌다. 입이 벌어졌다. 여자의 욕망은 홍수 난 사막. 미소여, 떠올라라. 치아와 척추여, 녹아내려라.

3년 차. 그들은 그것을 '사건'이라 부를 뿐 절대 자세히 언급하지 않았다. 사건은 밤 9시쯤 시작되었다. 그들은 맹렬하게 싸웠다. 여자는 문을 쾅 닫고 나가 술집으로 향했다. 남자도 그 술집을 알기는 했지만 둘이 함께 간 적은 많지 않았다. 여자가 남자를 만나기 전, 여자들과 춤을 추고 같이 자던 시절 들락거리던 곳이었다. 여자는 과거의 무언가를 되찾고 싶었다. 아니면 옛날처럼 자유롭게 여기저기로 발사되고 싶었다. 아니면 다른 무언가를 얻고 싶었다.

술집 안에는 특유의 냄새와 어둠과 빨간 플라스틱과 끈적끈적한 검은색 리놀륨 바닥과 단골손님들과 디제이와 여자의 머리카락이 있었다. 머리카락은 머리 뒤에 매달려 등을 도닥거리며 여자를 위로했다. 그때 순식간에 시공간이 뒤바뀌어 여자는 권투 선수처럼 격렬하게 춤을 추고 있고 그 옆에는 낯선 여자가 있다. 날씬하고 단단한 몸, 층을 내어 들쭉날쭉한 머리카락.

그들이 싸울 때마다 여자는 달아나고 싶다. 해결하고 싶다.

여자는 사건을 기억한다. 사건이 남자의 마음에 남긴 상처가 봉합되지 못하리라는 사실을 이해한다. 한 번에 한 장면씩 번뜩이는 기억을 보고 듣고 느끼고 그 냄새까지 맡을 수 있다. 자신의 집 진입로를 걸어가는 남자의 발걸음. 김이 서린 자동차 창문. 진입로에 주차된, 왠지 움직이는 듯한 차체. 그다음에 그는 무엇을 보았나. 그는 차 문을 열었다. 낯선 남자가 여자를 고치고 있었고, 고치는 동시에 박고 있었고, 바늘이 목마른 살갗을 찌르고 들어가는 사이 성기도 여자의 매끄러운 몸으로 삽입된 후였다. 그는 낯선 남자의 머리채를 잡고 자동차 밖으로 끌어냈다.

여자는 남자가 이 술집에 등장하는 모습을, 그 사건이 있었을 때 정원 잔디밭을 가로질렀던 것과 마찬가지로 이 술집을 가로지르는 모습을 상상한다. 다른 여자와 격렬하게 춤추는 여자의 머리카락이 여기저기로 휘날리는 동안 그가 여자의 흔들리는 뒷모습에 조금씩 다가가는 모습이 눈앞에 펼쳐질 것만 같다.

그 사건이 있었을 때 남자가 여자의 왼팔을 세게 움켜잡았던 것을 여자는 기억한다. 바늘이 살갗을 뒤집어 찢었고, 아기처럼 얇고 창백한 피부에 두 번째 입을 째 놓았다. 웃음이 터졌지만 팔에서는 피가 나고 있던 것도 기억한다. 여자의 왼팔은 피멍 여자의 왼팔은 시 여자의 왼팔은 망해버린 사랑 여자의 팔은 지나간 삶에 관한 이야기. 응급상황. 응급실. 여자의 피는 잘 닦여 여자 안으로 들어갔고, 그들의 사랑도 여자 안으로 들어갔고, 여자의 팔은 봉합되어 붕대를 감았다.

클럽에 간 여자는 오래전에 사랑했던 여자와 춤을 추며 몸을 맞대고 있다. 격렬한 움직임, 땀, 쿵쿵 울리는 음악, 있는 힘껏 충돌하는 몸. 욕망 속에서, 촉촉하게 넘실거리는 공기 속에서 귀가 먹먹해진다. 흐릿해진다. 여자는 자신을 지워내고 움직이는 입자, 한 줄의 원자로 변한다.

그리고 그곳에 남자가 있다. 남자의 손이 있다. 클럽에. 여자의 어깨에. 여자의 머리카락에. 여자가 빙그르르 돌다가 거울에 비친 남자의 얼굴을 보고 움직임을 멈춘다. 여자는 남자를 바라보고 남자도 여자를 바라보고 그렇게 오랜 시간이 흐른다.

남자가 여자의 팔을 휙 낚아챈다. 여자에겐 남자의 손이 자기 손등처럼 익숙하다. 빙 돌아 남자를, 남자의 얼굴을 직면하고, 남자가 여자를 밖으로 끌고 가고, 주차장에 서서 서로에게 소리 지르고, 여자가 자동차 위로 주먹을 내리치고, 남자가 여자를 차 쪽으로 밀치고, 남자가 혼자 떠나려고 차에 올라타고, 여자가 조수석 문을 열고, 남자가 문을 닫아 여자를 차단하려다가 여자의 팔이 문에 끼어 부러진다. 파랑, 빨강, 뼈. 여자의 팔은 그들의 삶, 여자의 붕대 감은 팔은 부서진 막대기.

4년 차. 자동차 여행을 떠났다. 해안 어딘가로. 도로변에 있는 공원으로. 붉은 삼나무와 침엽수, 캘리포니아 특유의 향기. 야외 테이블에 앉아 인스턴트 수프 그릇에 이상한 버섯을 넣고 익혔다. 산과 들로 떠났다. 미국을 횡단했다. 광활한 땅덩어리로 갔다. 탈출했다. 그들의 몸에 감각이 사라지기 시작했고, 하품이 나왔고, 웃음이 나왔고, 색색의 형태들이 아롱아롱 움직였고, 작고 희미한 별 모양 형상들이 시야 한구석에서 충돌했다.

둘은 공원에 나란히 앉아 어떤 술 취한 남자가 제방 경사면을 올라가는 것을 지켜봤다. 그는 라스타파리아니즘*을 믿는 듯 검은색 긴 머리를 포니테일로 묶었고 얼굴이 얽었다. 무지개색 뜨개 모자에 흰색 민소매 티셔츠와 카키색 반바지 차림이 꼭 만화 캐릭터 같았다. 실제 나이보다 백 살은 더 들어 보였다. 그가 덤불이며 나뭇가지며 온갖 것을 다 붙잡고 허둥지둥 언덕 위를 올라가는 동안 그의 형상이 점점 더 작아졌고, 그들은 정신을 놓고 그 광경을 바라보았다.

여자는 들릴 듯 말 듯 웃었다. 남자가 여자의 윗옷 속으로 손을 넣었다. 가슴을 감싸 쥐고 엄지와 검지로 젖꼭지를 느꼈다. 볼 베어링 같았다. 그런데 그때 제방을 오르던 남자가 잡고 있던 것을 놓치는 바람에 총천연색 슬로모션으로 데굴데굴 굴러 떨어졌고, 마침내 길바닥에 철퍼덕 엎어졌다. 어쩌면 뼈가 부러졌을지도 몰랐다. 주변에 있던 사람들은, 그래 봤자 세 명쯤 있었지만, 전부 1분쯤 미동도 하지 않았다. 그런데 굴러 떨어진 남자가 벌떡 일어나더니 그런 일쯤은 아무것도 아니라는

*1930년대에 자메이카 등지에 사는 흑인들 사이에서 대두된 종교. 성경의 예수를 흑인으로 해석하고, 에티오피아 황제 하일레 셀라시에를 재림한 예수로 섬긴다. 밥 말리가 이 종교의 영향을 받은 것으로 유명하다

듯 유유히 걸어갔다.

둘은 산악용 자전거를 꺼내 고속도로를 따라 달리기로 했다. 기막힌 계획이었다. 고속도로에서는 색채들이 분자나 혈구나 DNA 가닥처럼 발사되고 있었다.

몇 시간이 흘러 약간의 음식과 위스키를 뒤로하고 섹스를 시도했다가 실패하자 낮잠까지 자고 일어난 그들은 다시 본모습으로 돌아왔다. 다시 차에 올라탔다. CD플레이어에서는 도어스의 노래가 쾅쾅 울렸다. 여자는 웃고 있었다. 몸이 위스키로 흥건했다. 여자는 언제나 어린애처럼 칠칠하지 못했다. 그들은 다시 캘리포니아 해안으로 접어들었는데, 모든 것이 멈춰져 있었다. 앞에 죽 늘어선 자동차들의 브레이크등이 꼭 짐승의 번뜩이는 눈동자 같았다. 사고가 났던 것이다.

구급차가 보였다. 손에 들것이 들린 유니폼 차림의 구급요원들, 흩뿌려진 유리 조각, 찌푸린 얼굴처럼 찌그러진 쇠붙이가 보였다. 목에 커다란 베이지색 깁스를 하고 들것 위에 누워있는 남자가, 그의 저지방 우유보다 창백한 피부가 보였다. 그의 몸에는 피와 요오드 색깔인 무언가가 잔뜩 묻어 있었고, 몸 안의 모든 것이 텅 비워진 듯 입과 눈에 힘이 풀려 있었다. 팔이 들것 옆쪽으로 대롱거렸다. 부자연스러울 정도로 커 보였다,

꼭 집게발이 달린 것처럼. 여자는 웃고 있었다. 그는 가장 끔찍한 일이 벌어질 때면 항상 웃음을 터뜨렸다. 남자는 여자를 한 대 때려주고 싶었으나 그러지 않았다. 흐르는 피처럼 천천히 그곳을 벗어났다.

다시 바다가 보이자 그가 말했다. 씨발, 넌 뭘 보고 그렇게 웃어? 그게 뭐가 웃겨? 여자가 대답했다. 그 사람 갈비뼈 봤어? 장담하는데, 뼈가 날개로 변신하려고 가슴을 뚫고 나온 것 같았다니까. 씨발, 너도 봤지? 남자는 여자의 고개가 앞뒤로 흔들리는 것을 보았다. 여자의 눈이 감기는 것을 보았다. 그런 말을 해야만 하는 여자의 욕구도. 여자의 고장 난 아름다움도.

5년 차.
당신은 감옥을 아니까.
당신은 혀에 닿는 입천장의 감각을 아니까.
당신은 어떤 손가락으로 자신의 몸을 만져야 하는지 아니까.
당신은 아픔이 무엇인지, 어디가 아파야 쾌락을 얻을 수 있는지 아니까.
당신은 바보 같은 선(line) 따위 존재하지 않는다는 사실을 아니까.

당신은 자기 입속의 타액을 아니까.

당신은 여자의 다리 사이를 핥는 법을 아니까. 열다섯 살. 스무 살. 서른 살.

당신은 남자의 입과 여자의 입은 절대 같을 수 없음을 아니까.

당신은 남자의 맛은 절대 여자의 것이 될 수 없음을 아니까.

당신은 자신의 꽉 맞물리는, 희망하는, 원하는, 깨무는 치아를 아니까.

당신은 자기 몸에 지닌 흉터를 아니까.

당신은 자기 몸에 새긴 점자를 읽어낼 수 있으니까.

당신은 우리에게 주어진 대본, 여자란 이런 거라고 정의하려 드는 대본은 결국 스스로 구겨지고야 만다는 것을 아니까.

당신은 입속에서 넘실거리는 보드카를 타액보다 더 잘 아니까.

당신은 '욕망'이라는 단어가 하나의 사전이라는 것을 아니까.

당신은 왼팔의 무게를, 이끌림을, 오른손의 기교를, 치아의 구멍을, 움직이는 손가락의 기술을, 께쩌름을 받아들이는 육체를, 파멸을 향해 펄떡거리는 혈관을, 폐 안에서 느려지는 숨을, 끄덕임을, 목 안에서 밀려 나오는 따뜻한 날숨을, 머리를, 눈구멍을, 치아를 삼킬 뻔했던 자신을 아니까. 세상에, 그 앎이란. 당신은 순수한 몸에 내리는 빗물을 아니까. 여자의 앎을, 어린 시절 생전 처음으로 받아냈던 발사된 그것을, 울지 않는 법을, 매혹을, 흰 차림의 아름다운 남자를 아이의 눈으로 쳐다 보는 법을, 그의 베풂을 아니까.

이것이 여자가 욕망하는 것이다. 이것이 욕망이다. 순해질 것.

당신은 문장이 실패할 것임을 아니까.

당신은 바늘과 정액을 받아내는 법을 아니까.

그것으로부터.

욕구가 당신을 추동하고.

발사.

6년 차. 씨발 좆같네. 씨발. 좆같네. '천주교 냉담자를 위한 디톡스'라는 어구. 그들은 여자에게 머리카락이 빨간색인 룸메이트를 배정했다. 여자는 빨간 머리를 욕망했다. 빨간 머리가 잠든 모습을 지켜보며 흰 시트 아래서 자위했다. 여자의 손은 살아 있었고 굴하지 않았다. 빨간 머리가 여자의 욕구가 되었다. 여자를 추동하는 힘이 되었다. 여자는 그들의 방 반대편으로, 흰색 리놀륨이 깔린, 소독되어 깨끗한—지나치게 깨끗한—바닥과 벽으로, 충격 흡수제가 설치된 평면으로 돌진했다. 자신을 내던졌다.

알고 보니 빨간 머리 역시 잠든 것이 아니었다. 땀 흘리고 있었다. 자기 몸이 흘린 액체 속에서 시체처럼 누워있었다. 단속적인 호흡을 이어갔다. 손가락이 화끈거렸다.

두 사람은 우리에 갇힌 동물처럼 집어삼킬 기세로 서로를 탐했다.

다음 날이 되면 눈그늘이 칙칙한 얼굴로 다른 여자들과 반원을 그리고 앉았다. 그들은 대부분 담배를 피웠다. 다리는 제멋대로 쭉 뻗고 있었다. 입과 눈으로 전부 저항 저항 저항하라고 말하고 있었다. 심장은 빠르고 또 느리게 좆까 좆까 좆까라고 말하고 있었다.

여자는 생각했다. 똥 싸고 있네. 그러고는 비슷한 어구들을 떠올렸다. 용쓰고 있네, 좆 까고 있네, 쌉소리 쩌네, 개새끼 짖네. 웃음을 터뜨렸다. 뭐 재미있는 거 있어요, L? 할 말 있어요? 어쩌면 웃음으로 자기 본모습을 감추려는 걸까요? 네? 들어봅시다. 어서. 당당하게 말해봐요. 이번 한 번만이라도 인생을 위해 위험을 감수해 보자고요. 우리가 모르는 걸 알려주세요. 화났어요? L의 마음속에 있는 분노가 특별하다고 생각하나요?

썹 박고 있네.

손 쑤셔 박네.

납 피가 솟네.

똥 싸고 있네.

여자는 깎고 또 깎은 연필로 팔에 '똥 싸고 있네'라고 새기는
바람에 넉 달 더 그곳에 머무르게 되었다.

휘발되어버린 1년. 여자는 '작은 꽃 성모마리아 교회' 주차장
에 있었다. 언약식에 참석하려고 간 것이었다. 남자가 물었다.
언약식이 뭐야? 여자가 남자에게 멍청한 새끼라고 했다. 덧붙
이기를, 퀴어들이 공개적으로 사랑을 약속하는 거야. 남자는
잠자코 있다가 입을 열었다. 여자는 지난 9개월 동안 약을 끊
은 상태였다. 너 혹시 기분 안 좋아? 내 기분이 왜? 그 여자, 다
른 사람이랑 결혼하는 거잖아? 너 말고 다른 사람이랑? 아니면
네가 나랑 결혼한 게 문제인가? 그게 문제야? 그게 문제였어?
그래서 감옥에 갇힌 듯한, 그런 느낌이 드는 거야?

여자의 머릿속에 피가 울컥거리는 소리와 똥 싸고 있네 똥 싸

고 있네 똥 싸고 있네 하는 소리가 들어찼고, 돌아버릴 지경이었고, 뇌가 돌돌돌 풀려 몸속의 물길을 타고 떠내려가 팔의 혈관을 통과하며 이런 문장으로 변했다. 여자란 뭐지 여자란 뭐지 나는 뭐지?

8년 차. 차로 사막을 달린다. 있는 힘껏 달린다. 온몸을 던진다. 머리가 핑 돈다. 머리카락에 불이 붙은 듯하다. 세포가 쪼개진다. 분노, 사랑, 그저 욕구 때문에. 한 해 대부분을 차 안에서 보낸다. 그런 것 같다.

9년 차. 발사란 무엇일까? 무언가를 앞으로 나아가게 하기, 총을 쏘기, 그럼으로써 죽이기, 그럼으로써 상처 입히기, 징벌의 일종으로 총알을 박아 죽음에 이르게 하기, 사냥하기, 궤도를 따라 이동하거나 파괴하기. 무언가를 앞으로, 밖으로, 목표를 향해 나아가게 하기. 움직이는 총알의 속도에 목표물을 제공하기. 행동을 취하기. 폭발시키기. 광선을 쏘기. 속도를 올리기. 반짝이며 하늘을 가로지르기. 몸의 한 부분 혹은 여러 부분에 고통을 박아 넣거나 통과시키기.

  10년 차. 갓길에 차를 세웠다. 타이어에 구멍이 난 것이다. 여자의 평범한 팔이 평범한 자동차의 타이어를 교체한다. 그때 누군가가 차를 세우는 모습이 시야에 들어온다. 여자의 머리카락이 주의를 끌었던 걸까? 밤하늘을 배경으로 금발의 흔적을 남겼던 걸까? 여자는 생각한다. 남자다. 아름다운 남자, 바람에 나부끼는 긴 머리카락을 가진 남자. 그가 차에서 내리고, 앉아있는 여자의 시야에 들어오는 것은 남자의 무릎 아래, 그의 다리가 점점 가까이 다가온다. 한 발자국 앞까지 가까워지자 멈추어 선다. 그때, 바로 그때, 여자는 고개를 든다. 검은색 가죽 부츠 위로 청바지 밑단 위로 정강이 위로 무릎 위로 허벅지 위로 다리 사이를 바라본다. 그 위로 배 가슴 빗장뼈를 훑고, 남자의 티셔츠 아래를 상상해보고, 더 위로 올라가 턱과 입과 눈을 본다. 그의 얼굴을. 그리고 입술을. 누구라도 저 입술을 가질 수 있다. 여자가 가질 수도 있다.

  "도와드릴까 싶어서." 여자 귀에 들리는 것은 이 말뿐이다.

  여자는 도움이 필요 없지만 이 난데없는 남자가 자신을 돕도록 내버려 둔다. 일하는 남자의 팔이 아름답다. 그의 손이. 팔 안에 있는 것들이. 팔 위로 도드라지는 핏줄은 그의 얼굴보다 친숙하다.

일을 마친 그는 말한다. "같이 놀래요?"

그것이 여자를 강타한다. 발사되어 관통한다. 과거의 욕망. 침 고이는 입처럼. 애원하는 보지처럼. 팔의 무게처럼. 이어질 문장처럼. 중단되지 않을 믿음처럼. 그 무엇이 가로막는다고 해도 과거는 여자를 부숴놓을 수 있고, 움직일 수 있고, 밀어낼 수 있고, 가속할 수 있고, 열어젖힐 수 있다. 과거의 욕구, 멈출 수 없는 그것.

여자는 몸을 굽혀 타이어를 살펴본다. 교체한 타이어를 꽉 조이고 렌치를 챙긴 후, 차에 올라타 그곳에서 멀어진다.

사과하는 여자

A Woman Apologizing

—

여자는 자신의 오른쪽 손목에 은색 수갑을 채웠다. 손목에 수갑 한쪽을, 놋쇠 기둥에 다른 쪽을 채움으로써 준비는 끝이었다. 이제 남은 것은 기다리는 일뿐. 5시 25분, 그가 첫차를 놓치는 경우를 고려하면 최대 5시 45분까지. 여자가 손목을 움직이자 놋쇠 침대 기둥에서 철컹, 소리가 났다. 팔을 침대 바깥쪽으로 뻗어보았다. 손목은 그저 달그락거릴 뿐 단단히 붙잡혀 있었고, 뭐라고 명명할 수 없는 쾌감이 뭉클거렸다.

여자는 미소 지었다. 가느다란 손목을 흔들어 철컥, 철컥 소리를 내보았다. 턱을 가슴에 붙이고 길게 누운 몸을 내려다보았다. 가슴이 프라이팬 위의 달걀처럼 납작해져서 양 겨드랑이 쪽으로 퍼져 있었다. 갈비뼈가 오르락내리락했다. 배가 옴폭 꺼진 모양이 꼭 살로 만든 그릇 같았다. 음모가 꼬불꼬불 하늘을 향했다. 벌써 촉촉해지는 것이 느껴졌다. 다리를 벌릴 수 있을 만큼 벌려 보았다. 벌어지는 입술 사이로 들숨이 밀려들었고, 신선한 공기가 여자를 활짝 열었으며, 기쁨에 발가락이 꼼지락거렸다. 지금 자신의 모습에 웃음이 나왔다. 혼자서, 자신에게 웃음을 보냈다.

생각해보면, 정말 심하게도 싸웠다. 남자의 낯빛은 여자가 그간 보았던 것 중 가장 어두웠고, 단어를 내뱉는 사이사이 치아가 딱딱 부딪혔다. 남자는 윗옷을 벗고 있었다. 여자는 생각했다. 그래, 이 사람 지금 내게 화났군, 흥분했어. 저렇게 심장이 펄떡거리다가는 나 때문에 폭발하겠네. 불길이 내 쪽으로, 나를 겨냥하겠지. 여자 역시 화난 건 마찬가지였다. 지나치게 창백한 목과 가슴 위로 울긋불긋 혈색이 물들었고, 양쪽 귀에 새빨갛게 피가 몰렸다. 때때로 여자의 손은 정신 나간 새처럼 파르르 파닥거리기도 했다. 있는 힘껏 소리를 지른 탓에 혹사

당한 목에서 쉰 소리가 났고, 힘줄들은 서로를 찢어낼 듯 팽팽했다. 엄청난 싸움이었다. 경이롭고 끔찍한, 그런 싸움.

여자는 남자가 옳다는 사실을 알았다. 여자는 정말이지 모든 걸 자기 마음대로 해야 직성이 풀렸다. 사실이었다. 여자가 어디서 외식할 것인지 질문해 남자가 대답하면, 여자는 어김없이 이런 식으로 반응했다. 글쎄, 그 식당에 갈 수도 있겠지만, 저 식당 와인 리스트가 훨씬 좋잖아. 그러면 남자는 당연히 여자 말을 따랐다. 여자가 무엇을 할 것인지 질문해 남자가 영화는 어떠냐고 제안하면, 여자는 반드시 이런 대답을 내놓았다. 그것도 좋긴 한데, 그러면 공원에서 하는 무료 재즈 공연을 못 보잖아. 남자가 달걀을 먹고 싶어 하면 여자는 팬케이크를 먹자고 했다. 남자가 운전대를 잡으면 여자는 이 길로 가는 게 낫다며 성화였다. 남자가 밑에 있고 싶어 하면 여자는 뼈가 불거진 무릎으로 남자의 골반을 압박하며 자기 쪽으로 잡아당겨 기어코 위로 올라가게 만들었다. 남자가 위에 있고 싶어 하면 고양이에게서 도망치는 다람쥐처럼 꿈틀거리며 밑에서 빠져나왔다. 남자가 넌 흑인으로 사는 삶에 관해 아무것도 모른다고 말하면 여자는 넌 여자로 사는 삶에 관해 아무것도 모른다고 받아쳤고, 그것은 남자도, 그 누구도 무어라 대꾸할 수 없는 말이었다.

하지만 그날 남자는 *완전히 질려 버렸다고* 했다. 그리고 여자가 *세상에, 나 혼자서 네 몫까지 결정하느라 힘들어 죽겠어*라고 대꾸하자 남자는 진을 따라놓았던 술잔을 바닥에 집어던졌다. 여자는 그 말을 뱉자마자 다시 삼켜야 한다는 것을 깨달았지만 이미 때는 늦었고 남자는 폭발해 버렸다. 게다가 여자가 여기다가 또 말을 얹어서 제대로 망쳐버렸다. 잠자코 있는 법 따위는 모른다는 듯이 했던 말, 너 나한테 시비 걸고 싶어서 못 참겠나 보네. 그러고는 속으로 생각했다. 멍청한 것. 왜 그냥 정직하게 싸우지를 못해? 정말이지, 이겨 먹으려고 수 쓰지 말고 그냥 상대방 이야기를 들어줘.

이것은 남자가 여자에게 항상 하던 말이었고, 옳은 말이었다. 어쨌든 여자는 남자를 잃고 싶지 않았다. 그는 자신의 썩어문드러진 인생에 남은 단 하나의 행복이었으니. 자꾸 망치기만 하는 여자를 단속해줄 또 다른 자아가 있다면 얼마나 좋을까. 여자의 본모습을 제때제때 막아줄 보이지 않는 자아를 길러낼 수 있다면.

그래서 남자가 파란 셔츠를 깃발처럼 집어 들고 문을 쾅 닫으며 나가버리자, 여자와 여자의 휘황찬란한 분노와 형편없는 자제력은 그 자리에 덩그러니 남겨졌다. 여자는 입안의 볼살을 있는 힘껏 씹었고, 눈물이 나올 정도로 눈을 꼭 감았다. 머리 꼭대기를 때리며 말했다. 멍청이, 멍청이, 멍청이.

어떻게 사과해야 할지 아이디어를 짜보았는데—볶음 요리를 만들고 디저트로는 플랑을 해줄까? 욕조에 거품을 채워놓고 문 앞부터 화장실까지 장미 꽃잎을 뿌려 놓을까?—전부 탐탁지 않았다. 어떻게 하면 충분한 사과가 될까, 어떻게 하면 뭐든 자기 마음대로 해야 하는 여자 안의 마녀를 쫓아낼 수 있을까?

마침내 답을 찾고 나서는 얼마나 뿌듯했던지. 답은 완전한 복종이었다. 자기 마음대로 하는 여자가 상처받은 남자에게 줄 수 있는 선물로 그것보다 더 좋은 것이 있을까? 여자는 잔뜩 신이 나서 당장 자리를 박차고 나가 지하철을 타고 몇 블록 위로 갔다. 두 사람은 수십 번이 넘게 그곳에 방문해 니플 클램프를 보며 감탄하고 가죽을 손가락으로 훑어보고 애널 플러그 앞에서 얼굴을 붉혔었다. 그들은 이런 가게가 좋았고, 이런 가게에 있는 것이 좋았고, 젤과 잡지와 복잡한 장치를 사 들고 집으로 가서 서로를 가죽과 땀과 뚝뚝 떨어지는 광란으로 묶어두는 것이 좋았다.

여자는 피어싱 키트를 사 왔던 밤을 기억했다. 남자의 젖꼭지 주변을 꼬집던 것, 까무잡잡한 살집이 키스하려는 입술처럼 아름답게 솟아오르던 것, 두 사람이 이마를 맞대고 있는 밑으로 은색 바늘이 피부 사이를 통과하던 것까지 기억했다. 그날 밤 남자가 조심스러운 고고학자처럼 여자 위로 몸을 구부리던 것, 여자가 시야를 확보하기 위해 팔꿈치로 몸을 지탱하던 것, 그 사이로 알아볼 수 있는 건 남자의 찡그린 눈썹과 속눈썹과 머리 꼭대기, 그리고 바늘이 아무 소리도 없이 여자를 관통하던 모습뿐이었던 것도 기억했다. 그다음, 할 일을 마친 남자는 그의 보드랍고 어두운 얼굴을 아래로, 보드랍고 어두운 입으로 가져갔고, 입과 입이 만났고, 여자는 그 밤을 절대 잊지 못할 것이었다. 여자는 수갑을 샀고, 그들이 다시금 서로를 용서할 미래를 꿈꾸며 집까지 달려왔다.

이제 5시 20분이었고, 온몸 곳곳이 달아올랐다. 곧 땀을 흘리게 되겠지. 손목이 수갑 안에서 헐겁게 빙빙 돌았다. 배와 척추 사이로 찌릿한 감각이 흘렀다. TV에서 흘러나오는 웅웅거리는 소리와 움직이는 영상을 의식한 것은 거의 우연이었다. 자신의 몸으로 무대를 꾸미느라, 열쇠를 어디에다 놓을지 결정하느라(다리 사이에 놓기로 했다), 다리는 어떻게 뻗어야 할지 고민하며 이렇게 저렇게 매혹적인 자세를 시도하느라 바빠

서 TV의 존재를 잊어버렸던 것이다. 24시간 뉴스 채널을 켜두었다는 것을 이제야 깨닫게 되었다. 여자는 생각했다. 괜찮아. 기다리느라 지루한데 멍하니 듣고 있기 좋겠어.

침대 기둥이 시야를 가렸지만 머리를 옆으로 빼꼼하여 뉴스를 볼 수는 있었다. 무슨 내용이었냐, 전쟁 이야기였다. 어떤 전쟁인지는 가려내기 힘들었으나—소리가 잘 들리지 않아서 주어진 건 영상뿐이었다—추운 지방인 것 같았고, 콧수염과 턱수염에 고드름이 달린 군인들을 클로즈업으로 보여주고 있었다. 파랗게 질린 군인들은 더럽고 지쳐 보였다. 상상도 할 수 없을 피로감이 느껴졌다. 카메라에 대고 뭐라고 이야기하는 얼굴들도 있었으나 여자에게는 아무 말도 들리지 않았고, 그래도 그들의 두들겨 맞은 얼굴, 보이지 않는 어떤 것에 깊이 체념한 듯한 얼굴은 보였다. 마을에는 시체가, 핏빛 눈이 흩뿌려져 있었다. 머리에 꽃무늬 스카프를 두르고 퉁퉁한 몸을 꽁꽁 싸맨 여자의 가방에서 감자가 떨어졌고, 개 한 마리가 주위를 쿵쿵거렸다. 모든 것이 완벽하게 죽어있었다. 총에 맞아 그 자리에 쓰러져 버렸다. 생의 한창때에 무릎까지 눈밭에 빠져 버렸다.

그게 어떤 전쟁이었든, 영상은 곧 패널들의 머리와 입과 파도처럼 밀려드는 해설에 자리를 내주었다. 승리자와 패배자와 통계, 정장 입은 남자들과 여자들이 자아내는 미디어 풍경. 화면 위로 펼쳐지던 이번 주의 전쟁을 그들의 매끈매끈한 생머리로 말끔히 닦아낸 듯이.

여자는 눈을 감고 입안의 볼살을 깨물었는데, 왜냐하면 이제 5시 40분인데도 아직 남자가 돌아오지 않았고 문득 한기가 느껴졌기 때문이었다.

여자는 천장을 쳐다보고 추위에 딱딱하게 솟은 젖꼭지를 내려다보고 창문 너머로 이제 깜깜해진 하늘을 바라보았으나, TV가 배고픈 아이처럼 자꾸 여자를 불렀다. 5시 50분이 되자 여자는 집중해야 했고, 와야 할 애인이 오지 않을 때 펼쳐지는 지독하고 집착적인 정신의 방황 상태에 접어들지 않기 위해 자신의 상상력을 흩어내야 했다. 몸속에서 무언가 따끔거렸다. 여자의 피부가 여자에게 말을 거는 걸까? 여자는 느릿느릿 척추를 타고 엄습하는 공포에 맞서고자 손목을 마구 흔들어 죽음의 악기를 울렸다. 남자는 가게에 들러 로제 포도주를 한 병 사 오느라 늦는지도 몰랐다. 여자를 데리고 외식하려고 현금을 뽑는지도 몰랐다. 첫차를 놓쳤을 수도 있고, 오늘따라 유난히 귀갓길이 북적였을 수도 있고, 비가 잔뜩 내려 공기가 답

답했을 수도 있고, 행인들이 능청을 부렸을 수도 있었다.

6시쯤 되자 추위가 심각해져서 여자는 몸을 덜덜 떠느라 모든 에너지를 소진했고 머리도 제대로 돌아가지 않았다. 더듬거리고 휘청거리는 사고 회로에 낙담한 여자는 다시 TV에 집중했다. 하지만 TV는 전혀 달라진 것 없이 같은 뉴스가 계속 나오고 있었다. 아니면 똑같은 얼굴이 나오는 다른 뉴스일지도 몰랐다. 똑같은 배우로 전 세계의 뉴스를 찍은 것이다. 수척하고 고드름 맺힌 얼굴, 죽음으로 추락하는 덩치 큰 여자, 쿵쿵거리는 개, 변함없이 새카만 눈동자, 뼈대까지 부서져 버린 건물. 어째서 아까 봤던 뉴스가 지금까지 나오고 있는 걸까? 이 끝나지 않는 전쟁에 등장하는 배우들은 누구일까? 이미지가 반복되며 불안은 커져만 갔고 마침내 여자는 영상이 바뀔 때까지 계속 바라보겠다고 마음먹었다. 언젠가는 스포츠 뉴스도 나와야 하지 않겠는가. 아니면 나쁜 날씨에 관한 뉴스가. 날씨 뉴스가 나오면 어김없이 화면이 바뀔 것이었다.

하지만 똑같은 뉴스는 이어지고 이어졌고, 6시 15분, 6시 30분이 되었고, 결국 눈을 감고 머리를 흔들며 영상에 신경 쓰지 않으려고 애쓰던 여자는 자신이 덜덜 떨고 있음을 깨달았다. 7시가 되자 여자는 울기 시작했는데, 처음에는 잔잔한 울음이었으나 7시 반이 됐을 때쯤에는 콧물이 얼굴 곡선을 타고 내려 입 주변이 얼룩졌다. 여자는 고요히 흐느끼며 남자의 이름을 불렀고, 팔에서 점점 감각이 사라지며 손가락 끝이 따끔거리기 시작했다. 덜덜 떨리고 딸꾹질이 나왔다. 눈을 감은 채 TV와 끔찍한 24시간 뉴스를, 뉴스와 추위와 수갑과 돌지 않는 피와 이제는 자기 마음대로 하지 못하고 기다리기만 해야 할 앞날을 애써 무시했다. 그리고 남자는 끝까지 돌아오지 않았다. 그런데 그가 돌아온다면, 그때는 어쩔 것인가?

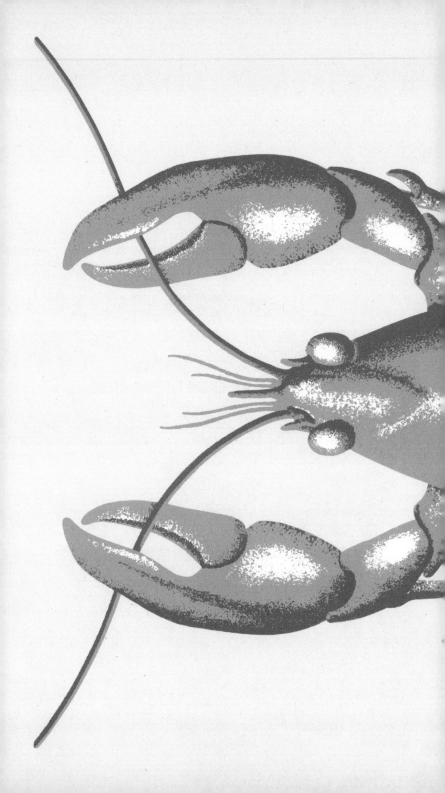

자동차 정비

Mechanics

—

에다라는 이름은 어디서 따온 거예요?

여자가 내 이름표를 빤히 바라보고 있어. 나는 맨 처음부터 이 여자 말이 앞뒤가 맞지 않는다는 걸 딱 간파하지. 여자는 보통 '남편'이 자동차를 관리한다고 했거든. 왼손 약지에 꼴 보기 싫은 다이아몬드 반지가 끼워져 있는 것도 존나 사실이긴 해. 그런데 연장한 속눈썹에, 입술 피어싱, 푸시업 브래지어, 오른팔을 뒤덮은 타투를 보면 분명 팸*이란 말이지. 어쩌면 결혼은

*전통적인 관점에서 봤을 때 더 여성스러운 방식으로 외모를 꾸민 레즈비언을 일컫는다

꾸며낸 이야기일까.

  아버지가 지어준 이름이에요. 본명은 '에드위나'고. 난 계속
일하면서 말하지.

  이 여자, 더 가까이 다가오네. 다들 차를 던져놓고는 두손 두
발 다 든 채 제발 제발 제발 목돈만 안 들게 해달라고 빌다가
내빼기 바쁜데 말이야. 이 여자가 뭘 원하는지는 모르겠지만,
어쨌든 옆에 있으려는 게 마음에 들긴 해. 무슨 일이 일어나는
지 잘 알지는 못하더라도 줄곧 지켜보려는 모습이 좋아. 그러
니까, 처음에 정비소에 왔을 때 이렇게 말하더라고. 기어를 바
꾸면 이상한 소리가 나요. 내가 물었어. 무슨 소리요? 보통 사
람들은 이런 질문을 받으면 뺄짓 제대로 하거든, 고장 난 모터
소리를 따라 하면서. 그런데 그 여자는 이러더라고. 아침에 제
대로 잠이 안 깼는데 알람이 울리면, 딱히 들었다고는 할 수 없
는데 무언가가 희미하게 느껴지기는 할 때 있잖아요. 윙윙거
리는 것 같기도 하고 딸랑거리는 것 같기도 하면서, 숙취가 있
는 건지 꿈을 꾸는 건지 전화가 온 건지 알람이 울리는 건지 벌
레가 있는 건지 누가 코를 고는 건지 모를 때 말이에요? 나는
무슨 말인지 안다고 순순히 인정할 수밖에 없었어. 내가 아침
에 잠이 많잖아. 차에 무슨 문제가 생긴 건지 알아내는 데는 똥

만큼도 도움 안 됐지만, 호기심이 생기기는 하더라. 여자는 자기가 무슨 말을 하는지 모르면서도 알고 있었어.

그래서 그 여자가 후드 아래에 있는 내게 다가왔을 때, 내가 말했지. 거기 러그 렌치 좀 집어줄래요? 여자는 그걸 집어 물끄러미 바라보더니 내게 건넸고. 그러다가 손에 기름이 묻자 그것도 빤히 바라봤지.

나는 그 여자 차를 손봤어. 여자는 아주 가까이에 있었고, 그런데, 하고 여자가 말을 걸었어. 정비 일 배우는 데 얼마나 걸렸어요? 여자는 배터리 옆에 떨어진 오일 방울을 약지로 동그랗게 문지르고 있었지. 내 옆에 바짝 붙어서 후드 밑으로 몸을 기울인 채.

머리카락 조심하세요. 나는 여자에게 경고하고 앞선 질문에도 답했어. 꽤 빨리 익혔어요. 소질이 있었던 것 같아요. 어린 시절 내내 정비소 주변을 얼쩡거렸으니 자연스러운 선택이었어요. 아빠가 정비소를 했거든요. 기름, 휘발유 냄새, 크롬, 새카만 엔진 내부, 다 익숙했어요. 열두 살쯤 됐을 땐 이미 정비소 일을 거들고 있었고요.

다른 여자애들도 같이 일했나요? 이 여자는 별걸 다 궁금해해. 웃음이 터져서는 대답하지. 아뇨. 나밖에 없었는데.

이제 여자는 공구를 만지작거리고 있어. 이름이 뭔지, 어디에 쓰는지, 이것저것 물어보면서 내 지식이 기분 좋게 느껴지는, 그런 류의 대화랄까.

슬슬 같이 있는 게 재미있어지네. 아니, 내 말은, 지금도 이 여자가 이상한 사람이라는 생각은 하고 있어. 엔진 구조를 보고 말하는 것만 봐도 그래. 뭐라고 했냐 하면, 꼭 인체 같다는 생각 안 해요? 저기 저 밑에서 구불거리는 튜브는 장처럼 생겼고, 저 굵고 둥근 건 힘이 단단히 들어간 근육 같고, 저쪽 중앙에 칸칸이 나뉘어 있는 건 폐 같기도 하고, 공기 순환을 위한 장치처럼 보이기도 하고, 후드 밑에 있는 모든 게, 조이고 비틀고 기름칠하는 우리들까지도, 전부.

이제 우리 둘 다 기름에 궁금증투성이가 된 거지.

어렸을 때 아빠가 다른 것도 가르쳐 줬어요? 글쎄, 야구라든지? 아뇨. 자동차 정비만 알려줬는데, 많이 바쁘셨던 분이라. 저도 궁금한 게 있는데, 어렸을 때 운동했어요? 운동 좋아할 것 같은 스타일이셔서. 어깨도 튼튼하고. 사실 내 대답은 거짓말이야. 아버지는 가장이 되는 법도 알려줬으니까.

옛날에 수영을 좀 했어요.

멋지네요.

그때 나는 톰보이였던 것 같아요. 여자 친구가 많지는 않았지요. 딱 두 명 있었는데. 하나는 치어리더고. 다른 하나는 아무도 말 안 거는 여자애. 빨간 머리에 안경 낀 애였어요. 쉬는 시간 내내 나무 아래에 혼자 앉아 있곤 했는데.

이제 나는 묵묵히 차를 수리하고 있어. 몸이 달뜨기 시작했지만. 저 여자가 워낙 이상하고 예상을 빗나가는 사람이라 그런 것 같아. 누구든 예상할 수 없는 일에는 흥분하기 마련이니까. 딱히 그 여자가 무섭지는 않아. 그런데 잠깐, 지금 보니 저 여자 러그 렌치를 들고 휘두르고 있네. 나도 이런저런 이야기를 읽어 안단 말이지? 요즘에는 여자들도 별 해괴한 짓을 다 하고 다니잖아. 잠깐, 나 왜 이래. 왜 괜히 겁을 먹고 그러지. 저 여자는 이상한 거지 미친 게 아닌데.

그때 이 여자가 평생 들어 본 것 중 제일 이상한 말을 해, 난데 없이. 고통에 대해 어떻게 생각해요?

나는 침착한 척 대답하지. 별로인데요. 사실이기도 해. 평생 돔* 역할만 했으니까. 여자랑 할 때 돔 외에 다른 역할을 하고 싶은 생각은 없거든.

항상 싫기만 해요? 누가 등을 주물러 주는데 진짜 아픈 곳을

*'도미네트릭스(Dominatrix)'의 준말인 'Dom'. S&M 플레이에서 지배적인 역할을 하는 사람을 말한다

건드리면 아프기는 한데 멈추는 건 싫잖아요, 그건 어때요?

이거 봐, 이거 웃기지. 지연 발생 근육통(Delayed-onset Muscle Soreness)이란 게 있거든, 평소보다 심한 운동이나 마사지를 하면 몇 시간 뒤에 근육이 아프거나 뻣뻣해지는 현상. 운동 후 최대 72시간까지 고통이 극대화된다는, 그것. 그걸 줄여서 돔(DOMS)이라고 하거든.

글쎄, 그런 건 다들 좋아하잖아요. 그런데 씨발 대체 뭔가, 싶네. 이 여자 나랑 장난하는 거야 뭐야?

그럼 두려움은요?

이제 손에 쥐고 있던 공구가 땀이 묻어 미끈거리고 있어. 나는 여자를 재보기 시작하지. 내 쪽으로 1센티미터라도 팔을 움직이면 나는 이 멍키렌치를 휘둘러서 배를 때려줄 생각이야. 저 여자가 놀랄 정도로만. 어쨌든 내가 몸집이 더 크긴 하니까. 그런데 여자가 정말로 나를 때린다고 상상하니까 갑자기 흥분되는 거야. 그때 여자는 자기 행동이 지극히 평범하다는 듯 태연하게 연장을 내려놓네.

얼마예요?

여자가 나를 빤히 바라보고 있어.

허벅지가 저릿하고, 나는 그 고통에 다른 사람이 된 것만 같고.

가장자리

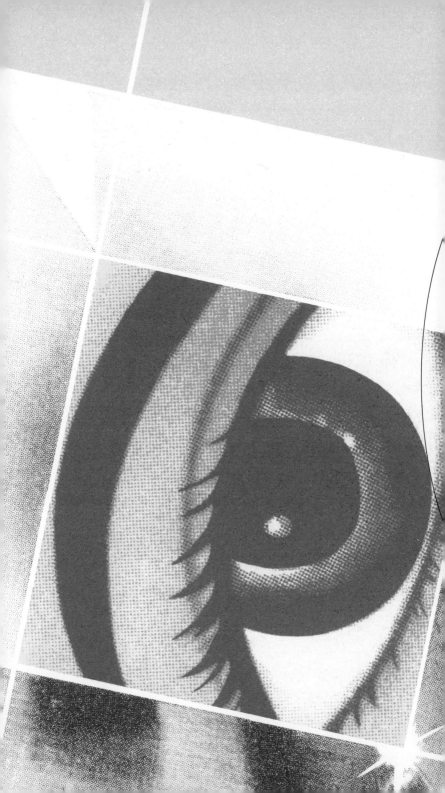

두 번째 도래

Second Coming

—

왜 그랬을까? 내 생각에는 나를 위해서, 나를 사랑해서 그런 것 같다. 하지만 흔히들 떠올리는 그런 사랑은 아닐 것이다. 그는 꽤 이기적인 여자니까. 아마 내가 아는 사람 중 가장 이기적일 테지. 예를 들자면, 그때 내가 몇 년 동안 느끼고 있던 절망을 그가 가늠하긴 했을지조차 확신할 수 없다. 내가 무슨 일을 겪고 있었는지 이해했을 것 같지 않다.

하지만 그에겐 항상 고통을 알아보는 직감이 있었다. 심지어 꼬마였을 때도 누군가가 어떤 식으로든 아파하고 있으면 달려가서 구해주려고 했다. 다친 사람이나 고양이, 개, 실내에 갇혀 밖으로 나가려 애쓰는 나방, 우는 사람, 그저 외로운 사람. 한 번은 가지가 부러진 떡갈나무를 고쳐주려고 깁스 팔걸이를 만든 적도 있었다. 누구든 그의 눈을 바라보고 무언가 부탁한다면, 처음 만나는 사이라고 해도, 그에겐 들어주지 못할 일이 없을 것이다. 그 사람 덕분에 따뜻한 밤을 보낸 거리의 노숙자가 많다. 한번은 성 메리 병원 옆문으로 탈출한 정신병자를 도와준 적도 있다. 내가 왜 그랬냐고 물어봤는데 나름대로 논리는 있더라.

그에게 부탁했던 날, 나는 필요한 기구들을 어디서 구해야 할지 까마득했다. 적절한 시술 방법과 필요한 물품을 설명해 놓은 책이 있기는 했다. 플라스틱 요리용 스포이트, 주사기, 튜브, 콘돔, 오일이 필요했다. 주사기는 그가 다양한 크기로 이미 구비해 둔 상태였다. 왜 그걸 이상하게 생각하지 않았는지 모르겠다. 가서 사 오지 않아도 되어 다행이라는 생각만 했다. 딱 맞는 크기의 주사기도 있었다. 결국에는 내 자궁 경부 크기의 뚜껑이 달린 플라스틱 기구를 사기는 했다. 작은 악마들을 담아줄, 성공률을 높여줄 기구.

나중에 그 유용성이 증명된 기구는 바이브레이터였다. 그가 바이브레이터를 써서 준비하고 싶냐고 물었을 때 나는 그저 멀거니 바라보기만 했다. 바이브레이터가 뭔지 몰라? 그가 물었다. 나는 몰랐다. 뻔하네, 그가 웃음을 터뜨렸다. 동생이 언니한테 섹스 토이 쓰는 법을 알려주게 생겼잖아. 우리는 함께 웃었다. 그가 그것을 들고 왔을 때 나는 얼굴을 붉혔다. 그걸로 뭘 해야 해. 통째로 집어넣는 거야, 뭐야? 내가 물었다. 우리는 또 함께 웃었고, 그는 시간이 되면 알려주겠다고, 보여주겠다고 했다.

　　여자 혼자 할 때 성공률을 높이기 위한 전략이 몇 가지 있다. 나는 병원에 가서 시술 받을 돈이 없었기 때문에 혼자서 최선을 다했다. 도움이 되는 방법 한 가지는 성관계 중에 그러듯 신체를 자극하는 것이다. 그러면 점액질이 분비되고 피부가 부풀어서 질과 자궁 경부가 예열된다. 알지, 모터오일처럼 말이다. 또 다른 방법은 발을 엉덩이보다 높이 들어 올리는 것이다. 요가 할 때처럼. 그럴 듯하지 않은가? 또, 정액은 따뜻한 물과 섞으면 서로 잘 엉겨서 주사기에 흡입할 때도 좋고 질 속에서 확산도 잘 된다. 정액을 속에 주입한 후에는 작은 것들이 새어나가지 않도록 기울인 자세를 유지하는 것 역시 도움이 된다.

이런 사소한 것이 중요하다.

동생의 남편은 침실에서 TV를 보고 있었다. 나는 거실 소파에 거꾸로 누웠다. 동생이 사뒀던 검붉은 색 커다란 담요 안에 폭 안겼다. 거실 곳곳에 양초와 향, 꽃을 준비해두어 천국 같았다. 동생이 내게 옷을 다 벗으라고 했다. 밑에만 벗으면 되는 거잖아? 내가 말했으나 그가 답했다. 이왕 하려면 더 즐겁게 해보라는 거지. 맞는 말이었다. 그가 켈트 하프 음악을 틀었는데, 음악 때문에 공기가 조금 몽롱해졌다. 아니면 그가 권했던 포도주 때문이었는지도 모르겠다. 피부가 따뜻했다. 가슴 밑과 다리 사이에 땀이 났다. 그가 내 손에 바이브레이터를 쥐여주더니 전원을 켰다. 내가 어쩔 줄을 모르자 그가 내 손을 잡고 이끌어 주었다.

처음에는 입술을 자극했는데 간지러움이 뼛속 깊이, 온몸으로 퍼져나갔다. 다음에는 아래로 내려 몇 초 정도 클리토리스에 가져다 대자 몸이 파르르 떨렸다. 그는 재빨리 그것을 떼어내 가슴, 젖꼭지를 차례차례 문질렀다. 그러고는 다시 아래로 이동했는데, 어느 순간 그의 손은 사라지고 나 홀로 움직임을 이끌고 있었다. 두 눈이 감겼고, 손만 살아 움직였다. 호흡이 거칠었다. 어느 순간 눈을 뜨자 두 눈이 부은 듯 느껴졌고—

입술도 부은 것 같았다 —나는 그를 바라보았다. 골반이 흔들리고 손이 움직이는 동안, 나는 몸 내음이 우리 사이로 퍼지는 것을 느끼며 그를 바라보았다. 미소 짓는 그의 눈이 내 다리 사이를 응시했고, 나는 그 시선이 좋았다. 그가 나를 바라보았다. 무슨 말이든 듣고 싶었던 참에 그가 말했다. 그걸로 가슴을 자극해. 나는 그 말대로 했다. 이제 다시 다리 사이로 넣어서 둥글게 움직여봐……. 나는 다시 눈을 감았다. 이제 침실에 있을 테니 하던 대로 계속하라는 그의 속삭임을 들었던 것도 같다.

그가 침실에 있는 동안 신음이 들렸고 나는 머지않아 절정에 도달했다. 돌아온 그의 손에는 내용물이 가득한 컵이 들려 있었다. 촉촉하게 열이 오른 욕망이 나를 향해 넘실넘실 밀려들어 내면 가득 차올랐다.

그는 내 다리 사이에 무릎 꿇은 자세로 앉았다. 내가 눈치채지 못한 사이 주사기를 채웠다. 눈을 감으라고 했다. 손가락을 들어 가슴에서 다리 사이까지 상상의 선을 따라 나를 간질였다. 그다음에는 손가락 두 개가 내 안으로 들어왔고, 동그라미를 그리며 입구를 문질렀다. 그가 말했다. 입을 벌려볼래, 아주 활짝? 나는 그 말대로 했다. 다리 사이가 거세게 두근거려 분명 벌어지고 오므라드는 입처럼 보일 것 같았다. 다시 눈을 감았다.

아직 그곳에 있는 손가락이 느껴졌고 곧 주사기가 들어오는 것까지 느껴졌다. 주사기를 감싸던 손가락의 감촉은 참을 수 없을 정도로 부드러웠다. 입안의 볼살을 깨물었다. 더 세게 해달라고 매달리고 싶은 욕구에 짓눌렸고, 정신이 나갈 것 같았고, 결국 그 욕구를 머릿속에서 해방시켰다. 주사기가 빠져나가는 것은 느끼지 못했지만, 그의 손이 움직이며 그 움직임에 따라 주사기가 안팎으로 미끄러지는 것은 느낄 수 있었다.

다시 눈을 뜨자 눈물이 고였다. 다리 사이로 그의 머리와 얼굴이 보였고, 빛나는 금색 머리카락이, 달아오른 피부가, 입이, 벌어진 입이 보였다.

그 뒤로 우리는 함께 디저트를 먹고 영화를 봤다.

여자아이가 태어났던 날을 기억한다.

구타

Beatings

—

남자의 얼굴이 권투 선수의 얼굴로 변한다. 조명이 특정한 각도로 드리울 때, 특히 그림자와 어둠과 빛이 서로 확연한 대비를 이루는 겨울에. 흰색이 장악한 겨울 하늘 위로 단 한 그루의 앙상한 나무가 도드라지고, 바위 하나가 흰 눈밭의 윤곽과 대치할 때. 그의 투사다운 얼굴은 빛 안으로 진입하고 후퇴한다.

그의 눈, 피로로 불룩한 눈 밑에 그림자를 드리우는 반듯한 콧대, 먹고 싸우고 박고 자는 사이 경직하고 이완하는 턱. 당신은 이런 얼굴을 어디서 봤는지 자문하기 시작하고, 영화에서 봤던 얼굴들, 세상에 반격을 날리는 남자들의 얼굴을 떠올린다. 〈성난 황소〉의 드니로, 〈록키〉의 스탤론, 〈워터프론트〉의 브랜도. 한밤을 배경으로 운동하는 그의 몸, 어둠과 겨울의 추위에 저항하는 그의 몸을 보면 볼수록 그것이 인간이 아니라 인간의 영상이라는 것, 혹은 영상에 갇힌 채 자신의 행위를 반복하는 인간이라는 것을 수긍하게 된다. 자신과 불화하는 인간의 이미지, 갑자기 당신의 눈앞에 나타난 그 이미지는 그저 인간 보편의 이미지일 뿐이다. 어떻게 보면, 우리는 항상 세상 속에서 자신의 이미지와 싸우고 있다.

잿빛 바깥세상에서 그는 운동한다. 권투. 가쁜 호흡. 인간형 샌드백이라고 부르는 것과 마주하고 있다. 사람의 상체 모양 샌드백이다. 얼굴이 깡패처럼 생겼다. 그는 주먹을 날린다. 주먹이 샌드백의 머리를, 가슴을 강타한다.

그의 머릿속에서 생각들이 진입했다가 후퇴하고, 솟구쳤다가 가라앉는다. 가속도 붙은 주먹이 깊이 잽을 날린 후 다시 빠르게 어깨로 돌아온다. 그의 생각은 끝없는 충동, 그리고 끝,

끝, 끝, 끝.

집 안, 빛이 있는 곳에서 남자는 주먹을 날리던 손으로 활과 현을 감싸고 연주를 시작한다. 첼로를 쥔 그의 손이 형태를 바꾼다, 날개를 펴고 황량한 땅에서 하늘로 솟구치는 새처럼. 양 옆으로 진동하는 메트로놈이 일정하고 조절 가능한 간격에 맞춰 째깍째깍 시간을 잰다. 그 계산과 규칙이 소리에 의미, 논리, 분리, 계획을 부여한다. 메트로놈은 변화 없이 일정하게 음악을 뒷받침하고, 음악은 변화무쌍한 리듬, 멜로디, 하모니, 리듬을 변주하는 또 다른 리듬을 엮어낸다. 그의 손이 악기를 감싼다. 손가락이 웅크린 꿈을 싣고 간다. 느릿한 혼란의 명령과 노래가 흐르는 꿈이다. 현이 손뼈처럼 굵다. 소리의 잔향이 그의 손목, 팔, 어깨, 척추를 타고 진동한다.

겨울에는 나무에도 멍이 든다. 아스팔트의 잿빛, 울타리 기둥의 잿빛, 자라나는 생명이 동면 중인 들판의 잿빛. 나뭇가지와 줄기 끝부분의 잿빛, 엷어지는 언덕의 잿빛, 흰 잿빛 하늘을 뾰족하게 찌르는 사물 가장자리의 잿빛. 색채에 멍이 생긴 듯, 색채가 구타당한 듯, 죽어버린 듯.

자세히 보면 활을 쥔 그의 손가락은 꿈으로 빚은 것만 같다. 돌연 손가락 관절이 흐느적거리고 칼슘이 녹아내린다. 손가락 끝이 강하게 또 넓게 현 위를 달린다. 가볍게 떨리다가 무겁게 멈춘다. 손가락 사이를 이어주는 흰 피부는 아이보다는 남자를 상기한다. 그리고 현에 맥박과 진동이 흐르면 악기는 나무로 된 속이 텅 빈 사물이 아닌 육체의 일부가 된다. 그의 다리 사이에서 노래가 비상한다. 척추에 음조가 차오르고 흘러넘친다. 볼에 악기의 목이 닿고, 치아까지 울림이 전해진다. 나뭇결은 그의 눈동자처럼 진한 갈색이다. 음표는 몸을 재구성한다. 당신은 눈을 감아야 한다.

카덴차가—어느 것이든—그를 구한다. 리듬의 흐름은 시와 마찬가지로, 계산된 움직임이 형성하는 박자와 마찬가지로, 춤과 마찬가지로, 목소리의 어조와 마찬가지로, 전부 변화와 진전이고, 한 지점을 통과해 시각, 청각, 상상, 존재 너머로 가는 행위다. 겨울에, 끝없이 추락하기.

한밤중이다. 남자는 서른 살. 오줌을 싸려고 일어났다가 화장실 바닥에 쓰러진다. 아내가 그를 발견한다. 그는 발작을 일

가
장
자
리

으키고 있다. 눈을 휘둥그레 떴지만 의식이 없다. 아내는 두려우면서도 그의 발을 살짝 들어 올리고 그의 머리를 자기 무릎에 내려놓고 그의 이름을 부르고 그의 이름을 부르고 그의 이름을 부르자 그의 눈이 파르르 떨린다. 정신이 돌아오는 투사. 그렇게 그의 삶은 싸움이 된다. 그렇게 그의 싸움은 삶이 된다. 이제는 그가 운동할 때면 몸 위로 서서히 투사의 형태가 갖춰진다. 그의 싸움은 아버지를 상대로 한다. 그의 싸움은 자기 자신을 상대로 한다. 그의 싸움은 너무나 친숙해서 낯설다. 충격적인 소식을 듣고 난 다음 거울을 들여다보면 마주하게 되는 얼굴처럼.

그의 아내. 아내의 역할은 무엇인가? 아내는 살면서 알았던 남자들을 전부 떠올려본다. 아내의 아버지, 심장병. 아내의 첫 번째 남편, 심장잡음. 아내의 두 번째 남편, 간과 심장 질환. 아내의 첫 번째 남편의 아버지, 심부전. 아내의 두 번째 남편의 아버지, 심장마비. 아내의 아버지의 아버지, 심장마비. 모두가 이미 이 영화를 보았다. 오늘날 영화의 할 일은 이미 수천 번 반복된 이야기에 아무도 예상하지 못했던 형태를 부여하는 것.

아내는 남자보다 열 살이 많다. 아내는 자신이 남자보다 삶의 끝자락에, 유전자에 내재된 종말에 더 가깝다고 생각했다. 하지만 이제는 우리 모두의 내면에 죽음이 존재한다는 것을 확인한다. 아내가 막 이해하게 된 사실은, 우리는 전부 누군가가 싸우는 모습을 지켜보는 관객이라는 것이다. 아내가 배우기 시작한 것은 흑백 슬로모션의 법칙이다. 아내가 창가에 서서 움직이는 그를 바라보고 있다면, 아내가 보는 것은 그 순간 상영되는 한 개의 프레임이다. 한 동작은 다음 동작으로 이어진다. 주먹을 다시 어깨로 끌어당기고, 그다음에는―다른 동작이다―인간형 샌드백의 가짜 몸으로 뻗는다.

조코를 복용하면 트라이글리세라이드 수치가 내려간다. 아스피린은 혈액을 묽게 한다. 생선 기름 캡슐과 아마인유는 지방벽을 상대로 효소 전쟁을 일으킨다. 동맥과 혈관과 푸른 정맥은 육중한 리듬에 맞추어 팽창하고 수축한다. 밤마다 마시는 포도주 한 잔, 한때는 즐거움이었던 것이 이제는 처방이 된다. 동물에서 뜯어낸 붉은색 고기는 오랫동안 본능적인 갈망의 대상이었지만, 이제는 흰쌀과 구운 생선 같은 털 없고 가벼운 몸을 위한 음식으로 대체된다. 그는 식이 요법을 지킨다. 자신의 커다란 몸을 쓰러뜨릴 약점이 두렵다. 갑자기 자신이 어떤 사람인지 그려지지 않는다. 자신이 감당할 수 없는 사람으

가장자리

로 변하고 있는 것 같아 두렵다.

　그는 운동하고 첼로를 연주하는 자신의 모습을 영상으로 찍기로 한다. 처음에는 그 이유를 모른다. 나중에 내린 결론, 혹은 나중에 얻은 깨달음은 그 영상이 아들을 위한 선물이라는 것이다.

　그에게는 어린 시절을 기록한 영상이 하나도 없다. 그는 아버지를 모르고 자랐다. 요즘 사람들은 핸드폰으로 컬러 영상을 촬영해 가족의 삶을 기록하지만, 그는 오래된 영화처럼 흑백 필름을 쓴다. 원본 필름을 화장실 문에 걸어놓으면 그것은 길게 흐르다가 흰색 타래에 돌돌 감긴다. 그는 영화배우들이 사석에서 그러듯 아들과 단둘이서 영상을 볼 거라고 다짐한다. 권투 선수들이 나오는 오래된 영상처럼 이미지들은 영원히 살아 숨 쉬며 계속될 것이다. 언젠가 누군가에게 들었던 이야기가 기억난다. 영화를 다시 볼 것인지 보지 않을 것인지 가름하는 것은 마지막 장면이라고.

　아내는 그가 운동하는 모습을 본다. 그의 싸움에 동반되는 폭력에 감탄한다. 왜냐하면 그는 폭력을 위치시킬 자리를, 아름다운 형태를 찾는 중이니까.

어떻게 된 일인지, 우리는 아직도 싸움의 효과를 믿는다. 성난 황소를, 자신의 결점 때문에 쓰러지고 만 비극적인 복서를 보고자 한다. 록키를 응원하고, 한 남자의 사랑이 그의 폭력성에 숨결을 불어넣는 모습과 그의 싸움이 그를 구원하고 해피엔딩과 속편과 속편을 창출하는 모습을 보고자 한다. 자기 것이 아닌 노동을 강요받은 투사가 영웅적인 죽음을 맞이하는 모습을 보고자 한다. 그의 강직함이 유지되는 모습을 보고자 한다, 그것 때문에 그가 죽는다 한들.

합기도, 가라테, 유도, 태권도, 무술, 아름다움과 스포츠와 호신과 속도와 사고의 기술. 과업을 통해 해체되고 움직임과 리듬으로 해방된 몸, 자신을 해체하는 팔, 유동적이고 동물적인 회전을 위해 뒤로 당겨진 팔목, 옴폭하고 곡선적인 어깨, 부담스러운 꼿꼿함을 버리고 본능에 맞게 옆, 뒤, 아래로 뻗는 운동법을 학습한 목, 고깃덩어리처럼 두근거리고 돌출하는 가슴과 이두박근, 도구를 버리고 신체의 일부가 아닌 신체 그 자체가 된 손의 기술. 반복하는 대신 다 함께 화합하는 장기, 개별화된 것이 아니라 정교하고 연속적인 움직임으로 화합하는 장기의 기술. 이 모든 것을 추동한 것이 심장 하나가 아니라 온몸인 듯.

  그는 모르지만 그의 수치는 개선되고 있다. 착한 콜레스테롤
이 나쁜 콜레스테롤을 때려눕히고 지방이 하얗게 녹아 배출되
는 중이다. 그는 모르지만 그의 체중은 줄어들고 있고, 세상과
그의 심장 사이를 가로막던 물렁물렁하고 노화한 물질을 근육
과 뼈와 신경이 대체하고 있다. 결국, 그가 물려받은 것은 아버
지의 몸 아니던가? 그는 느낄 수 없지만 이제 그의 심장박동은
이제 그와 불화하지 않는다. 그는 모든 것이 자신의 적인 듯,
심지어 하늘에 뜬 달조차도 자신에게 대항하는 듯 맹렬히 싸
우고 있지만. 그의 심장은 몸속 보이지 않는 곳에서 조용히, 손
바닥 안쪽의 부드러운 분홍빛처럼 그에게 생명력을 줄 리듬을
찾고 있다.

  이유가 뭐지? 무슨 일이 있었나? 왜? 그의 아버지는 서른세
살에 죽었다. 심장마비로. 혈관이 막혔고 산소 공급이 끊겼다.
근육은, 그 주먹 모양의 고깃덩어리는 숨을 쉴 수 없었다. 아버
지. 서른세 살. 심장마비. 찌르는 듯한 단어들. 그리고 그 모든
것이 살아서 그를 관통한다. 이유가 뭐지? 무슨 일이 있었나?

왜? 질문하는 그의 주먹.

그는 집 앞에서 운동한다. 그의 주먹은 단단한 강타와 샌드백을 연결한다. 시야 한구석으로 집 안에 있는 아내와 아들이 흘낏 보인다. 몸 안의 심장 같은, 아이의 피부와 우유 향이 풍기는 가족. 그는 가짜 몸의 가슴에 곧게 주먹을 날린다. 일종의 희망이다, 이 구타는.

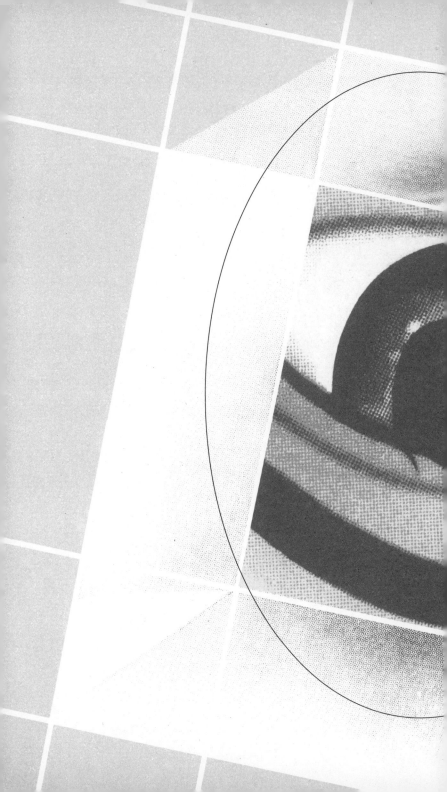

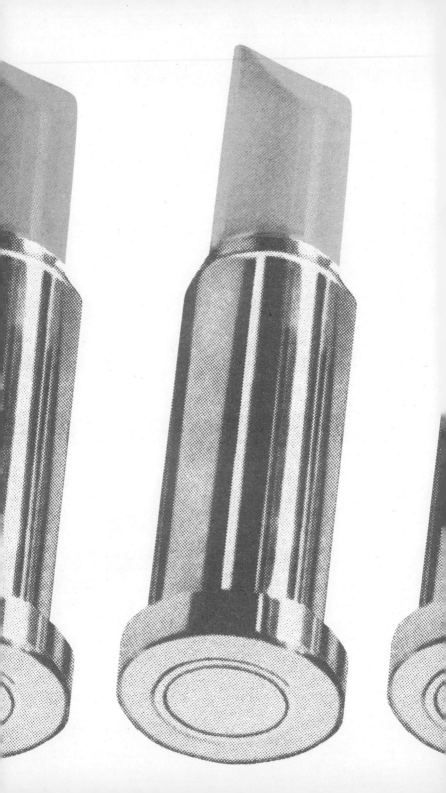

외출하는 여자

A Woman Going Out

—

마지막을 장식하기 위해 남겨놓은 다리.

털들이 빼꼼 올라와 조금 빡빡한 피부 위로 면도기를 밀어 올리고, 꼭대기에서 손목을 획 비튼 다음, 면도날을 물에 담가 빙글빙글 흔들다가 발목에서 다시 시작. 하얀 거품 사이로 잘 닦인 도로처럼 매끄러운 살이 나타난다. 그리고 또다시 시작. 피부에 줄무늬를 그리며 다리를 드러낸다.

남은 거품을 닦아내고 알로에를 짜서 잠시 손바닥에 굴리다가, 아, 다리 아래위로 따뜻하게 발라준다.

　한 짝씩 차례대로 깊숙이 손을 넣고 손가락을 힘껏 벌려 올나간 곳이 있는지 살펴본다. 발끝을 뾰족하게 세워 스타킹에 넣고 천천히, 발목에서 종아리로 무릎으로 허벅지로 끌어올리고, 잠시 휴식. 반대편 다리도 똑같이 신고, 또 잠시 휴식. 손에 뭉쳐 쥐고 있던 스타킹이 조금씩 늘어나며, 허벅지를 덮고 회음부 쪽으로 눌러놓은 고환을 덮고 다리 사이에 끈팬티로 고정해놓은 성기를 덮고 골반까지 펼쳐진다. 엄지로 톡, 튕겨보는 허리의 탄성.

　그다음에는 구두와 액세서리. 빨간 스틸레토 힐을 신고 양쪽 귀와 목에 라인스톤 귀걸이와 목걸이를 건다. 그리고 당연하게도, 팔찌로 마무리.

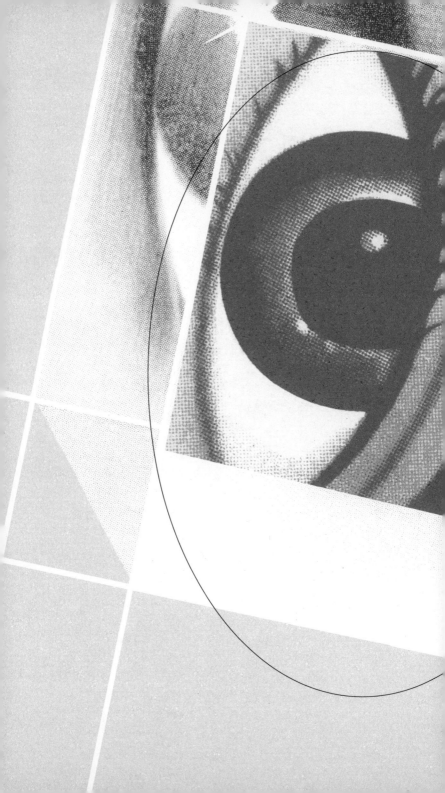

'I'를 잃는 법

How to Lose an I

—

피부를 얼굴 안쪽에서 바깥쪽으로 당기지 마십시오. 세안 시에는 항상 바깥쪽에서 안쪽으로, 수평 방향으로 닦아내야 합니다.

그는 두 눈을 감고 있다. 잠깐, 아니다. 한쪽 눈만 감고 있다. 이제 눈은 하나뿐이다. 전화기를 집어 든다. 번호를 누른다.

전화기에 닿는 피부가 너무 뜨겁다. 여자 목소리가 말한다.

"여보세요."

그가 대답하자 여자가 그의 목소리를 알아챈다.

"잭슨?"

이 한마디가 그를 품어준다. 그의 심장에서 들려오는 소리. *하느님 감사합니다 하느님 감사합니다 하느님 감사합니다.*

여자가 말한다.

"어디야?"

그가 되묻는다.

"오늘 밤에 볼 수 있어?"

그리고 그는 무너져 내린다.

왜 차 안에 있어야만 하는지 설명할 수 없다. 그는 날마다 사소하고 사소한 볼일을 수백 개는 만들어내서 해가 질 때까지 차를 타고 돌아다닌다. 어쩌면 무너지지 않기 위해 움직이는 건지도 모른다. 집에 앉아있으면 공기조차 공허해 보인다. 온 세상이 살짝 비스듬해진다. 그 엇나감은 그가 만들어낸 것이 아니다. 세상의 각도가 변한 것이고 세상이 오그라드는 것이고 세상의 초점이 빗나간 것이다. 이토록 지옥 같은 저주가 또 있을까? 그의 눈에는 쭉 뻗은 도로 외에 그 어느 것도 반듯해

보이지 않을 것이다. 앞으로도 영원히.

메리의 집으로 운전하는 동안 그의 몸이 달뜬다. 그들은 연인인 적 없다. 앞으로도 그럴 리 없다. 그는 여자와 자지 않는다. 경험이 없다는 말은 아니고, 기본적으로 그렇다는 말이다. 메리를 생각하면 들뜨는 이유는 두 사람이 20년 동안 서로를 알고 지냈기 때문이다. 아마존의 여자처럼, 웬만한 남자처럼 몸집이 큰 메리. 큰 몸집에서 일종의 유럽적인, 특별한 여성스러움이 느껴지는 메리.

그가 메리를 생각하면 들뜨는 또 다른 이유는 지난 이틀 동안 메리가 그의 등을 주물러 주었기 때문이다. 요리를 못하는 메리를 위해 그가 음식을 준비하면 메리는 눈물을 흘리며 그것을 먹기 때문이다. 두 사람 모두 진창 같은 인생에 목까지 빠져버렸고 어떻게 헤쳐 나가야 할지 전혀 모르기 때문이다. 캘리포니아에 정착하는 일은 없을 거라고 맹세하고는 정착해버렸기 때문이다. 메리는 영영 그를 떠나지 않을 것이고, 그가 병원에 있을 때도 영화 속의 기다리는 여자들처럼 의자에서 쪽잠을 자며 옆을 지켰기 때문이다. 메리는 몇 년 전에 교통사고를 당해, 몸이 흰 깃털처럼 빛나는 작은 흉터들로 덮여 있기 때문이다. 그들의 고통은 사랑보다 강하기 때문이다. 메리는 그의 눈을 똑바로 바라봐줄 것이기 때문이다. 지난 몇 달간 만났던 사람 중에서 그렇게 해줄 사람은 메리밖에 없기 때문이다.

안구 자체에는 연결 조직이 붙어 있지 않습니다. 수술을 통해 실리콘으로 만든 콘포머를 눈구멍 안쪽에 부착하면 안구의 무게를 지탱하고 안구를 제자리에 잡아줄 수 있습니다.

그가 타고 있는 자동차가 메리의 집 옆 막다른 골목에 도착하고, 차 문이 쿵 닫히고, 두 발은 눈을 감고도 걸어갈 수 있는 익숙한 길로 그를 안내하고, 그가 문을 두드리고, 메리가 그를 안으로 들이고, 서로의 볼에 입을 맞추고, 서로의 눈을 바라보고, 미소 짓고, 메리의 시선이 그의 몸을 타고 내려가다가 말한다.

"세상에, 이것 좀 봐!"

둘은 머리를 젖히고 깔깔 웃는다.

그들은 그가 요리한 페스토와 파스타를 먹는다. 저녁 식사가 마무리되자 둘은 함께 취하고 그는 안대를 벗는다. 메리의 손가락은 속삭임처럼 부드럽고 그의 눈꺼풀 밑은 텅 비었다. 두 사람은 새벽 3시까지 영화를 보다가—세 가지 색 3부작을 본다—소파 위에서 몸을 엮고 잠든다. 메리가 그의 삶을 구하고, 그가 메리의 삶을 구하고, 그 누구도 이 모습을 목격하지 못한다.

색칠된 부분이 위로 향하도록, 눈꺼풀 내부 위쪽에 넣어야 합니다.

그는 길을 잃고 싶지 않다. 그래서 지도를 샀다. 기술의 진보에 속을 수도 있으니 여섯 개나 샀다. 우습게도, 지도는 저마다 조금씩 다르다. 어떻게 이럴 수 있을까? 지도를 만들 때는 어떤 일관성 같은 것, 기준 같은 것이 있을 줄 알았는데. 하지만 그는 한 지도에는 있고 다른 지도에는 없는 길을 발견한다. 한 지도에는 있고 다른 지도에는 없는 다리를 포착한다. 한 목록에는 있고 다른 목록에는 없는 장소를 발견한다.

그는 '계획'의 일환으로 지도를 샀다. '계획'이란 미국을 횡단하는 것, 힘과 자기 가치를 회복하는 것, 자동차에 올라타 빌어먹을 자아를 되찾는 것이다. 메리는 심리치료사에게서 '치유로서의 여행'을 다녀오는 것이 중요하다는 이야기를 들었고, 유럽에 다녀오겠다며 이런저런 계획을 늘어놓고 늘어놓았다. 그는 불현듯 내뱉었다.

"자동차 여행은? 나, 자동차 여행 다녀오면 어떨까?"

메리가 답했다.

"그거 힘들 수도 있어, 잭슨. 그렇게 오랫동안 자동차 타도 괜찮을까? 그렇게 오랫동안 차에 콕 박혀있어도?"

그가 대꾸했다.

"난 자동차를 좋아하잖아. 자동차 여행도 좋아하고. 운전대를 잡으면, 움직이는 자동차 안에 있으면 항상 나 자신을 되찾는 듯한 느낌이었어."

메리는 오랫동안 침묵을 지키다가 말했다.

"그게 옳은 선택일 수도 있겠어. 운전을 통해 이야기를 고쳐 쓰는 거지. 일종의 의식인 거야. 지금 네게 딱 맞는 선택일 수도 있겠다."

그러고는 그의 눈을 바라보며 말했다.

"다녀와."

그의 '계획'은 시애틀에서 자동차를 타고 출발해 캘리포니아와 애리조나와 뉴멕시코와 텍사스를, 그 외의 다른 남부 주들을 거쳐서 플로리다에 있는 키웨스트까지 달리는 것이었다. 멈추지 않고 달리기, 사진도 한 장씩 남기기, 악몽을 밀어내고 실재하는 것을 채워 넣기. 마이클을 죽인 차가 아닌 다른 차, 그의 눈동자를 앗아간 차가 아닌 새로 산 차에 올라타기. 그 모든 것을 넘어서기.

비누로 손을 씻고 물로 헹군 후 엄지와 집게손가락으로 위쪽 눈꺼풀을 들어 올립니다. 그다음에는 위쪽 눈꺼풀 밑으로 안구를 밀어 넣고 제자리를 찾아 고정한 후 아래쪽 눈꺼풀을 내려줍니다.

한밤중에 식은땀을 흘리며 잠에서 깬다. 그는, 그의 몸은 어쩌면 이렇게 진부할까. 그날 밤 그의 인생이 눈구멍을 통해 새어나간 걸까? 어쩌면 인생의 일부라도? 그의 기억이 일

시 정지한 영상처럼 휘어진다. 두 눈을 있는 힘껏 감아 보아
도 이미지의 흐름은 계속되고, 어쩌면 그 어느 때보다도 강
렬해진다. 가끔은 너무나도 빨라 바라볼 수도, 숨을 쉴 수도
없다.

아침이 밝자 마음은 이미 도로를 달리는 중이지만, 그는 찬찬
히 준비물 목록을 만든다.

속옷 열 장, 청바지 네 벌, 티셔츠 열 장, 양말 열 켤레, 스웨
터와 플리스 세 벌, 가죽 재킷 한 벌, 브룩스 브라더스 선글라
스, 갭 버튼다운 셔츠, 나이키 달리기용 반바지, 야구모자 두
개, 애프터셰이브 로션, 데오도런트, 전기면도기, 턱수염과 코
털용 면도날, 칫솔, 치약, 여행용 아기 샴푸, 록시땅 컨디셔너,
로션과 배스 밀크, 구급 용품, 면봉, 물, 싱글 몰트 스카치 다섯
병, 돈, 카메라, 필름, 두 눈.

오후가 되자 차에 짐을 싣는다. 메리가 와서 거들다가 준비
가 다 끝난 후에는 자기 차에 올라타 손을 흔들며 작별 인사
를 보낸다. 그는 생각한다. 메리는 새를 닮았구나, 하늘로 비
상하기 전 날개를 아래로 내리는 어떤 거대한 원시의 새를 닮
았어.

저녁이 되어 공기가 선선하고 도로가 암청색의 애원을 속삭

가
장
자
리

264 —————

이기 시작할 때 그는 운전을 시작한다.

　눈물이나 분비물이 나와도 자연스러운 현상이니 걱정하지 않으셔도 됩니다. 티슈나 따뜻한 수건을 들고 얼굴 바깥쪽에서 안쪽으로 닦아내면 됩니다. 존슨즈 아기용 샴푸와 면봉을 이용해 눈가의 마른 분비물을 닦아내는 것도 좋습니다. 분비물이 끈적하거나 눈물이 지나칠 정도로 나온다면 응급 상황용 핫라인으로 전화해 주십시오.

　그래, 그의 마음은 몸이 움직일 때만 평온하다. 운전할 때가 제일 좋고, 그다음은 헤엄칠 때다. 자동차가 몸을 품어주는 방식, 자동차 문이 닫히는 방식에는 어딘가 특별한 구석이 있다. 손바닥처럼 몸을 감싸주는 좌석, 방향과 속도 같은 건 전부 당신에게 달렸다는 듯 자신을 내어주는 운전대도 각별하다. 그는 속도에도 위로받는다. 존재의 모든 것을 하나로 응축한 듯한 궁극의 요소, 존재의 본질적인 특성, 속도.

　물과 함께 몸은 부유한다. 물이 몸을 싣고 가는 방식. 사라지는 중력.

　처음에 자동차 여행은 사진 에세이처럼 진행된다. 이런 단순한 감상들이 그를 통과한다. 지금 나는 워싱턴과 오리건의 경계를 넘고 있어. 지금 나는 해안 도로를 달리는 중이야. 이제 제한 속도가 달라지는 거야. 고속도로에서 도시 외곽으로 도시 안으로 밖으로 위로 다시 속도가 빠른 곳으로 진입하는 거야. 자꾸 불평하게 된다. 뭐야, 똑같은 풍경을 두 번째, 세 번째, 네 번째, 다섯 번째 지나고 있잖아.

　그러다가 작은 차이를 알아본다. 더 오랜 시간이 지나자 지리적인 차이가 눈에 들어온다. 언덕에 닿는 햇볕이 더 짙다. 상록수가 적어지며 유칼립투스나 야자수가 많아진다. 눈보다는 코로 알아챈다. 그는 운전하고, 캘리포니아 특유의 오렌지 나무와 아스팔트 냄새를 호흡한다. 그는 운전하고, 언덕이 바다로 변하면서 바다 내음과 매연 냄새가 난다. 그는 운전하고, 기억이 그의 시각을, 청각을, 심장박동을 뒤흔든다.

　서부를 떠나자 앞 유리에 거대한 몸 같은 것이 보인다. 아니, 그저 캘리포니아의 등고선이 남서부의 사막에 길을 내주는 것이다. 늠름한 어깨 같은 언덕, 등허리처럼 옴폭한 샘이 보인다.

　하지만 어떤 풍경도 그에게는 식상하다. 멈춰 서서 사진기를 들고 무엇이든 찍어 보지만 들리는 것은 카메라의 찰칵 소리와―그는 구식 카메라와 필름 사진을 좋아하기 때문에 핸드폰을 사용하지 않는다―깜빡이는 렌즈의 기계음과 빛과 속도에 경계를 부여하는 셔터 소리뿐이다. 그러나 어떤 광경을 찍든―뉴멕시코의 붉은 대지, 캘리포니아의 붉은 삼나무, 도로 표지판과 탁 트인 전망, 바다 위에 어른거리는 달빛―그의 눈에 보이는 것은 차에서 튕겨 나간 마이클, 찢어져 벌어진 마이클의 셔츠, 팔뚝과 가슴을 말끔하게 꿰찌른 자상, 흠 하나 없던 마이클, 미동이 없는 마이클, 차에서 도로로 튕겨 나간 마이클, 영원히 깜빡이지 못할 두 눈.

운전하는 사이, 그는 지금까지 빛에 노출된 필름을 쓰고 있었다는 사실을 깨닫는다. 이런 일도 있잖은가. 시간이 쏜살같이 흘러 여름인가 싶었는데 벌써 크리스마스라, 새 거실장을 놓고 정장을 차려입는 행사를 열어 그사이 방치된 카메라를 꺼내보았더니 필름에 빛이 새어든 것이다. 그가 타고 있는 자동차가 연속되는 이미지를 통과하는 사이, 그는 필름 어딘가에 마이클의 사진이 있을 거라는 기억에―그 기억은 그를 말끔하게 꿰찌른다―사로잡힌다.

정신이 멍멍해진다. 카메라 렌즈에 주먹을 메다꽂아 앞도 못

보게 만들어주고 싶다. 창문 밖으로 던져버리고 싶다. 결국에는 다리 사이에 올려둔다. 카메라 렌즈가 위를 향하고, 유리 렌즈는 질문을 품은 채 그를 바라본다.

호텔에서 자다가 깬 그는 얼굴에 번져있는 촉촉한 소금기를 감각한다. 남은 한쪽 눈은 여전히 눈물을 흘린다. 이걸 어떻게 받아들여야 할까? 그는 어둠 속에 누워 생각한다. 나는 눈이 멀지 않았어. 그래서 감사하다는 건 아니고 그저 사실을 떠올리는 것이다. 그는 방 안에 있는 사물을, 사물의 그림자 같은 것을 본다. 의자. 가방. TV. 그는 리모컨을 들어 버튼을 눌러보고, 아무 생각 없이 죽은 눈을 향해 리모컨을 들어본다. 아무 생각 없이 푹 꺼진 눈 위를 그것으로 문지른다. 아무 생각 없이 그것을 입에 대본다. 그 작은 기계를 뺨에 꼭 붙이고 잠든다.

투컴캐리에 있는 호텔에서 자고 있던 그는 턱을 꽉 깨문 채 자동차 잭처럼 단단해진 몸으로 벌떡 일어난다. 눈을 감고 있는데도 번쩍거리는 구급차의 붉은빛이 보인다. 아니 소방차일까, 경찰차일까, 전부 다일까, 그저 망막이 미쳐버린 걸까, 눈에 피가 맺힌 걸까? 그딴 걸 대체 어떻게 알겠어?

펜사콜라에 있는 호텔에서 자다가 깬다. 밤새 바닷소리를 듣고 싶어서 창문을 열어두었다. 엷은 미소가 떠오른다. 오줌 싸러 일어나고, 오줌을 싸고, 화장실 거울을 들여다본다. 속이 미약하게 메슥거린다. 호텔 유리잔에 채워진 식염수 속의 눈을 내려다보고, 눈도 그의 시선을 되받는다. 가슴이 미어진다. 고통이 흩어질 때까지 호흡을 가다듬는다. 화장실 밖으로 나가 불을 끈다. 액체에 잠긴 눈, 자기 자리를 박탈당한 눈은 그곳에 그대로 둔다.

너무 많이 만지면 눈구멍이 민감해질 수 있습니다.

옛날에 한 친구가 '원 레기드 피츠'라는 굴 요릿집을 추천해줬다. 둘이서 꼭 같이 가보라고, 뷰도 좋고, 분위기도 좋고, 게 다리가 커다란 양동이째로 나오는데 빨다 보면 입술이 아플 정도라고, 친구는 말했다. 왠지 야한 이야기처럼 들리는 말들, 전에는 재미있고 야릇하던 말들이 이제는 손톱처럼 날아와 그의 턱을 할퀸다. 지금껏 찍었던 사진과 카메라, 지갑을 챙긴다. 그러고는 화장실에 가서 흰 의료용 반창고를 5센티미터 정도 찢어낸다. 그것을 눈이 있어야 할 곳에 붙인다.

붕대를 댈 필요는 없습니다.

굴 요릿집에 도착한 그는 친구 말이 참 옳았다고 생각한다. 마이클이 같이 왔다면 얼마나 좋아했을까. 둘 중 더 외향적인 마이클, 더 유쾌한, 〈GQ〉에 나올 법한 미소를 가진 마이클, 피부가 이미 갈색이라 태닝하러 좆같은 플로리다까지 가지 않아도 되는 마이클, 페니스가 큰 잠자리의 신 마이클, 절대 울지 않는 마이클. 마이클의 파란 눈. 두 눈. 물처럼 완벽한. 그는 바다를 내다보고, 그 속에서 수영하는 두 사람의 모습을 그려본다.

굴 요릿집에서 그는 그동안 찍었던 사진을 꺼낸다. 하나씩 자세히 들여다본다. 대체 무엇을무엇을무엇을 찍고 있었나? 움직이는 자동차에 타고 있다면 누구든 볼 수 있을 만한 것들을 찍었다. 표지판, 농장의 거대한 들판, 늘어선 나무. 전화선에 교수형을 당한 언덕들. 스트립몰과 주유소와 화물차 휴게소. 특히 황당한 사진이 있다. 자동차 번호판이다. 맙소사. V19

GBD, 뉴저지. PLC 306, 콜로라도. IAFB228, 캘리포니아. HOT ROD*, 네바다. 마지막 문구가 웃겨서 사진을 찍었던 걸까? 술이라도 마셨나? 기억나지 않는다.

기억나는 건 두 사람이 나누었던 대화다. 그날 그들은 자기들이 얼마나 운 좋은지 이야기했다. 둘 다 아프지 않았고, 병에 걸릴 가능성도 미미했고, 서로를 만나기 전부터 성생활에 있어 조심스럽고 꼼꼼했고, 아직 젊지만 상대에게 헌신하며 함께 살아갈 준비가 되어 있었으니까. 손가락을 쭉 뻗듯 앞으로 나아갈 준비가 되어 있었으니까. 목이 멘다. 그는 양동이에 든 게 다리를 주문하지 못한다. 그저 바닷속으로, 물이 눈높이로 차오를 때까지 걸어 들어가 울고 싶다.

반드시 처방받은 약품을 전부 사용하십시오.

사고가 난 이후로 하루도 빠짐없이 자살 생각을 했던 것처럼 여행을 떠난 이후로 하루도 빠짐없이 돌아갈 생각을 했지만

*'슈퍼 자동차'라는 뜻

그는 계속 앞으로 나아가고, 결국 그가 키웨스트에 도착하는 날이 온다. 플로리다의 열기에 그의 감각이 둔해진다. 스카치 향이 줄곧 그의 입안에 남아있다. 볼 안쪽에 혀를 댈 때마다 그 맛이 느껴진다. 그는 '콘치 하우스'라는 희고 아름다운 호텔에 체크인한다. 침구에서 섬유유연제 향기가 진하게 풍기고, 그 것은 위안이 된다. 벽이 희다. 가구가 희다. 모든 것이 박박 닦 은 치아나 침대 시트처럼 깨끗하다.

그는 수영장 옆, 흰 고리버들 의자 위에 앉는다. 호텔 직원이 피냐 콜라다를 가져다준다. 그는 음료에 스카치를 섞어 알코 올을 늘린다. 맛이 똥 같지만 상관없다. 여유롭고 몽롱하다. 잠기운이 밀려오며 눈꺼풀이 무거워진다. 눈은 눈구멍에 있 다. 카메라는 무릎 위에 있다. 짧게 낮잠을 즐긴 후에 해가 지 면 번화가를 산책하며 사진을 찍을 계획이다. 농밀하고 습하 고 무거운 키웨스트의 공기를 들이마시며 고개를 꾸벅이기 시 작한다.

그때 거센 물보라가 치고, 번쩍 뜬 그의 눈앞에 희뿌옇고 아 름다운 바다 생물이 몸을 드러낸다. 아니, 웬 동상이 수영장에 빠진 것이다. 아니, 촉촉한 갈색 피부의 앳된 남자가 다이빙했 다가 물 위로 떠오른 것이다. 그의 머리카락은 레코드판처럼 까맣고 매끄럽다. 피부는 앨버커키의 모래 같은 색이다. 눈동자는 오닉스처럼 견딜 수 없이 깊고 아름답다. 잭슨이 절대 남기고 싶지 않은 사진, 혹은 이미지가 있다면 그것은 이 남자의 것이다. 그의 삶에 관한 잔인한 진실 하나는 이 남자의 사진이 그를 죽일 수도 있다는 것이다. 사진을 찍는 행위조차 얼굴에 총알이 박히는 것과 마찬가지일 것이다.

그는 감정에 매몰된다. 이런 아름다움이라니, 끔찍하다. 그는 울기 시작하고, 곧 그의 흐느낌은 통제할 수 없다. 그리고 더 끔찍한 일이 벌어진다. 저쪽에 있던 풋풋한 남자가 그를 보고 다가오기 시작한다. 남자가 가까이, 더 가까이 다가오며 영화의 클로즈업처럼 확대되자 남자의 고통스러울 정도로 육감적인 입술 곡선과 가슴이 아릴 정도로 완벽한 콧대가 눈에 들어오고, 그는 굴복한다. 피부가 긴장을 풀고 힘 빠진 턱에 감탄이 차오르며 심장이 날카로운 박동을 멈추는데, 카메라가 미끄러져 콘크리트로 떨어진다. 툭, 무언가 깨지는 듯한 작은 소리.

"저런, 카메라가 떨어졌네요."

남자가 말한다.

"고장 난 게 아니어야 할 텐데. 일단 손 좀 닦고…… 됐다. 한번 살펴볼까요."

남자는 카메라가 바다에서 건져 올린 보물이라도 되는 듯 자신의 큼지막한 손바닥 안에서 그것을 이쪽저쪽으로 살펴본다. "이런, 어쩌지. 렌즈에 금이 간 것 같아요. 큰일 났네. 렌즈 바꾸려면 돈이 많이 들 수도 있는데. 여기 계세요. 호텔 프런트에 수리하는 곳이 있는지 물어볼게요. 분명 알아봐 줄 거예요."

렌즈는 유리로 된 것이다. 오래된 것.

그리고 남자와 함께 그의 카메라 역시 사라진다.

오랫동안 안구를 넣지 않으면 눈구멍이 줄어들어 후에 심미적으로, 기능적으로 만족스럽지 않을 수 있습니다. 반면 너무 자주 넣으면 표피가 제대로 아물지 않아 안구가 잘 맞지 않을 수 있습니다.

다시 호텔방으로 돌아온 그는 문을 잠근다. 커튼을 친다. 불을 끈다. 다시는 그 남자애와 마주하고 싶지 않다. 그의 카메라가 그냥 사라져 버렸으면 좋겠다. 갑자기 불이 붙어 타버렸으면 좋겠다. 앞으로 벌어질 일을 상상하니 차라리 죽는 게 나을 것 같다. 아름다운 연하의 남자가 그 지긋지긋한 카메라를 들고 와서 햇볕에 그을린 손으로 방문을 두드릴 것이고, 이렇게 말할 것이다. 받아요, 제가 카메라 고쳐 왔어요, 이제 새것처럼 잘 찍혀요, 여기 있는 동안 사진이라면 찍고 싶은 만큼 찍을 수 있을 거예요, 이것도 좋은 일이라면 좋은 일인데 축하하는 의미로 한잔할까요, 호텔에 바가 있거든요, 시간 되시면 저녁을 같이 먹어도 좋고요, 거절하셔도 괜찮아요, 그냥 오늘 밤에는 누군가 옆에 있어 줬으면 해서요, 어디에서 오셨다고요? 그는 어느새 호텔방 뒷벽을 기웃거리며 도망갈 출구를 찾고 있지만 보이는 것은 거울뿐이다.

대체 무슨 생각이었을까? 여행을, 이런 일을 감당할 수 있을 리가 없는데. 타인과의 접촉 같은 것을 감당할 수 있을 리가 없는데. 문득 그는 사고 한번 내지 않고 여기까지 왔다는 사실에 놀란다. 술을 한 잔 따르고 쭉 들이킨 다음 손을 들어 눈구멍 속의 눈을 꺼낸다. 동그란 것이 카펫 위로 데구루루 굴러간다. 그것을 주워 입안에 넣는다. 삼켜볼까, 생각한다.

결국에는 이렇게 되어버렸다. 그는 이 흰 방에 갇혀 생명 없는 눈과 참을 수 없는 자기 자신과 현재보다 더 생생하게 살아 숨 쉬는 한 움큼의 기억을 견뎌내고 있다. 그 친절한 남자가 지금이라도 그를 죽이러 돌아올 것만 같다. 어디로도 도망갈 수 없을 것만 같다. 그는 생각한다. 이렇게든 저렇게든 여기서 죽게 되겠군. 전화기를 들고 메리에게 전화해 응답기에 메시지를 남긴다. 메리, 메리, 나 길을 잃었어. 술에 취했어. 피로에 지쳤어. 어떻게 해야 할지 모르겠어. 그는 이런 메시지는 너무 위태롭게 들린다는 것을 깨닫는다. 메리에게 나는 괜찮다는 식의 문자를 수백 개쯤 보내놓는다. 괜찮아. 난 호텔방에 있으면 꼭 이렇게 별스러워지잖아, 알지. 다 괜찮아. 별일 없어.

시간이 흐른다. 몇 시간이 흘렀는지 모르겠다. 세상의 색채가 더욱 짙게 잠긴다. 그는 자기 몸이 윤곽부터 조금씩, 분자부터 하나씩 해체되는 기분이다.

결국에는 문을 두드리는 소리가 난다. 그는 하나 남은 눈으로 힘없이 문을 바라본다. 그쪽으로 다가가 문을 연다.

눈부시게 새하얗다. 카메라 플래시. "놀랐죠."

곧 셔터가 그를 놓아주고, 세상은 이전의 잿빛을 되찾는다. 그 연하의 남자다. 얼굴에 세월의 흔적이 없는 사람들만 지을 수 있는 미소를 머금고 있다.

"뚝딱 고쳤어요. 바로 앞 모퉁이에 수리할 수 있는 곳이 있더라고요. 거기에 중고이기는 해도 긁힌 데 하나 없는 유리 렌즈가 있었어요. 제가 값도 잘 깎았거든요. 그러니까 저녁은 사주셔야겠어요."

잭슨은 멀거니 그 자리에 서 있다, 이 선물 같은 남자보다 더무지한 채로. 그때 문을 프레임 삼아 이런 일이 벌어진다. 기억이 뇌에서 해방되는 듯, 그의 머리에 구멍을 뚫고 쏟아져 나오는 듯하다. 그는 들었던 이야기를 곱씹으며, 바보처럼 느릿느릿 그 뜻을 헤아린다. 이 아름다운 남자가 플로리다 키웨스트에서, 콘치 하우스라는 호텔방 문간에서 그의 사진을 찍었다. 이 아름다운 남자가 그의 카메라를 수리해 주었다. 이 아름다운 연하의 남자가 저녁 식사를 원한다. 될 대로 되라지.

두 사람은 저녁을 먹고 발목까지 바지를 접어 올린 채 밤바다를 따라 걷는다. 결국에는 옷을 벗고 새카만 물속으로, 체액처럼 따뜻하고 눈물처럼 짭짤한 바다로 들어간다. 물에 등을 대고 누워 부유한다. 그는 이 세계의 지붕을 바라보며 생각한다. 이건 눈을 감으면 보이는 암흑이다. 별이 빛나는 것만 다를 뿐.

물이나 식염수에 담가 보관해 주십시오.

다음 날, 그는 차에 타고 싶다. 하지만 전과는 사뭇 다른 마음
이다. 지금은 새벽이다. 옷을 입고 호텔방을 나선다. 카메라를
챙겨 차에 올라탄 후 바다로 간다. 아무도 없다. 계속 나아간다.
모래사장은 차가 들어올 수 없는 곳인데도 멈추지 않는다. 계속
나아간다. 바다 초입까지 달린다. 이제 바다 안으로 진입한다.
천천히, 소란스럽지 않게. 조금씩, 조금씩, 바퀴가 물에 잠길 때
까지. 그대로 문을 열고 밖으로 나온다. 카메라를 조수석에 올
려둔 채로 차에서 멀어진다. 바다가 그것을 삼키도록 버려둔다.
　연인의 몸이 해초처럼, 아름답게, 리듬에 맞춰 떠오른다. 자
동차 앞 유리로 튕겨 나가 부서진 적 없는, 팔다리가 이상한 각
도로 꺾인 적 없는, 온전한 연인의 몸.
　하루나 이틀 후면 연하의 남자도 떠날 것이다. 그러면 그는
자동차를 팔고 보험금으로 연명하며 최대한 키웨스트에 눌러
앉을 생각이다. 어쩌면 턱수염을 기르고 안대를 하게 될지도
모르겠다. 그런 삶을 살아보는 것도 괜찮을 것이다. 도로가 바
다에 막힌 곳에서, 시간의 흐름을 영원히 가로막을 수 있을 것
처럼, 잠자는 것 같기도 하고 내일이 없는 것 같기도 한 삶을

살아보는 것도 괜찮을 것이다. 다른 방식의 삶은 그를 앞으로, 결국 죽음으로 나아가게 할 테니까.

두 여자아이

Two Girls

—

열여섯 살인 두 여자아이는 손을 맞잡은 채 돌고 또 돌고, 손
으로 열여섯 살의 손목을 잡고 돌고, 빙글빙글 그들의 발이 모
래 위에서 원을 그리고, 원을 그리는 곳은 거품이 이는 바다의
가장자리 그곳에서 열여섯 나이로 춤추고 돌고 또 도는 것은
손으로 손목을 잡고 손목이 손에 잡힌 열여섯 살 여자아이들
그들이 돌고, 아이들이 둥근 원을 그리며 빙글빙글, 열여섯의
사랑과 빙빙 도는 것은 바다 거품, 거품은 그들의 입이고 입은

미소고 입은 빛이 비치자 웃음을 터뜨리고 빙빙, 입은 빛이 비치자 웃음을 터뜨리고 치아의 환함은 눈동자의 환함은 머리의 움직임, 앞뒤로 흔들리며 사랑과 바다 거품으로 녹아드는 그들 머리의 움직임, 바다는 그들의 손이고 모래는 그들의 손이고 손목 위의 손과 손 위의 손목이 연결되어 빙빙, 여자아이들은 열여섯 살이고 빙빙 돌고 그들의 사랑 노래는 모래이자 바다 거품, 아무도 두 여자아이를 보고 있지 않고 그들은 빙글빙글 돌며 세상에서 떠올라 하늘로 날아간다.

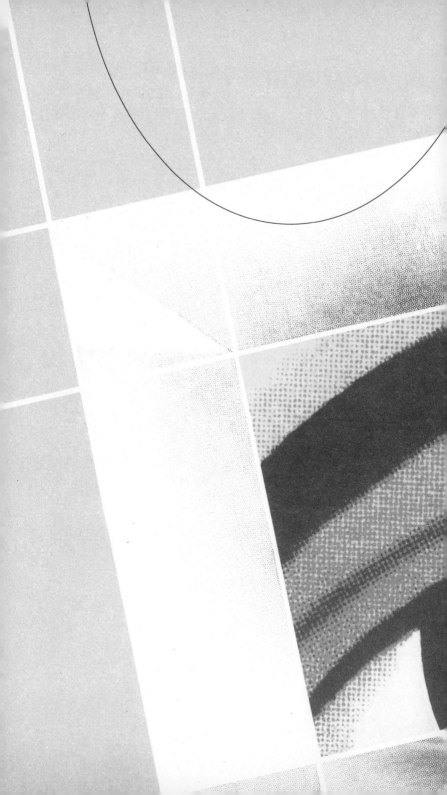

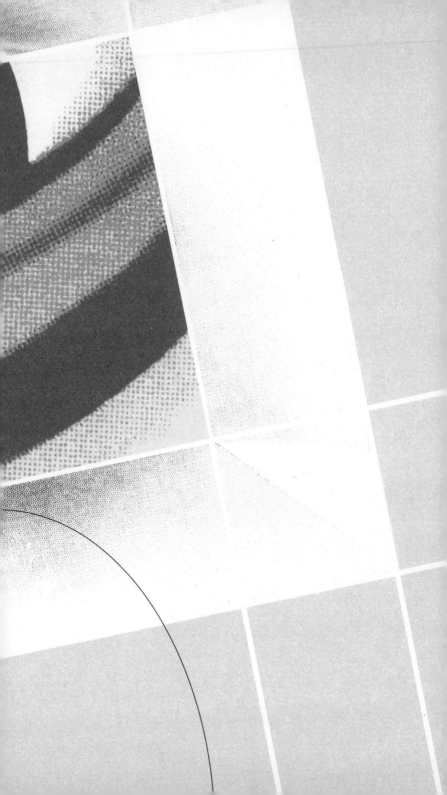

감사의 말

Acknowledgments

—

이 책은 레이하네 샌더스와 캘버트 모건의 영웅적인 노력이 없었다면 단연코 세상에 나올 수 없었다.

나를 가라앉지 않게 해준 브리지드, 앤디, 마일스에게 내 모든 사랑과 끝없는 고마움을 보낸다.

오랜 세월에 걸쳐 부단히 내 창작 활동의 생명 줄이 되어준 마음과 예술의 동지 랜스 올슨에게 고맙다.

그리고 이쪽도, 저쪽도 아닌 곳에서 살아가는 이들에게.

당신이 어디에 있든, 나는 이해한다.

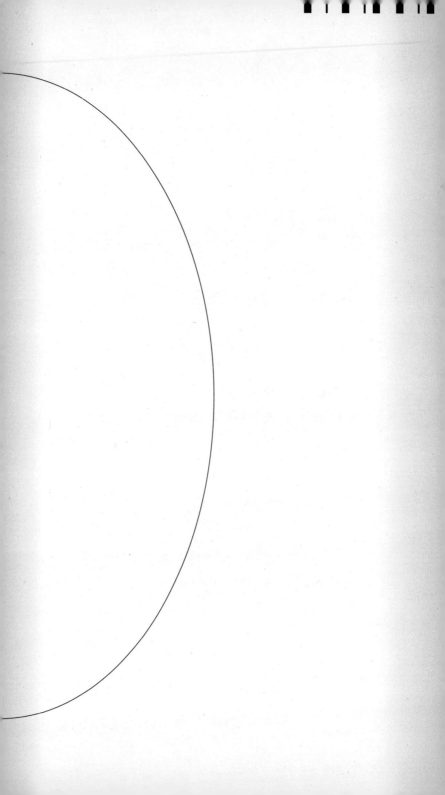